As
I
Walked
Out
One
Evening

W. H. Auden

# 某晚当我外出散步

## 奥登抒情诗选

[英] W. H. 奥登 著 马鸣谦 蔡海燕 译 王家新 校

上海译文出版社

W. H. AUDEN

# POEMS

# 目录

# 更离奇的今天

更离奇的今天，我们忆起了同样的暮晚，
并肩漫步在一个无风的果园，
在那儿，溪水漫过砾石，远离了冰川。[1]

飞雪随夜晚降临，而海岬一隅，
死者在他们透风的地穴中哀号，
只因在荒僻路口，魔鬼提出的问题
太过容易。

此刻仍旧快乐，虽然彼此没有更亲近，
我们看到山谷一带的农庄灯火已亮；
山脚下，磨房的捶捣声停歇，
男人们已回家。

黎明时的喧响会带来些许自由，
却不会呈现这份安宁，鸟儿无法反驳：

它们只是飞经这里；爱过了，也忍受够了，
此刻某些事情正可做个了断。

1928 年 3 月

---

[1] 在 1930 年初版的《诗集》中，这首诗第一节后面还有两个诗节，此后被删去。原文如下：

Again in the room with the sofa hiding the grate,
Look down to the river when the rain is over,
See him turn to the window, hearing our last
Of Captain Ferguson.

It is seen how excellent hands have turned to commonness.
One staring too long, went blind in a tower,
One sold all his manors to fight, broke through, and faltered.

又一次，在那个沙发将壁炉遮去的房间，
雨停的时候，俯瞰着下面的河流，
他转身朝向窗口，我们最后一次听闻了
弗格森上尉的轶事。

这一目了然，俊杰人物如何变成了凡夫俗子。
他注视得太久，在一座高塔里变得盲目，
他散尽了家财，战斗，突围，而后畏缩不前。

这里提到的"弗格森上尉"曾是军人，退役后在坎布里亚郡赛德伯中学任教员，奥登曾和友人去探访过这所中学。杰出人物的平庸化（门德尔松教授所说的"绝望英雄"）这个主题在奥登以后的作品中也多有出现。

# 简便的知识[1]

在彼此的关切之间，
在前后的决断之间
是这要命的心烦意乱
充盈了大地与天空，
更远处和更近处，
是日夜绵延的
模糊的匮乏感
和人为性失误；
而这副疲惫的面容，
被横向的力
和垂直的力
拉扯又绷紧，
在关键性考验中
回答得有些随性；
无常易变的肉体，
因为搭错了火车

就磨蹭着靠背椅，

或是掉进了烂泥

当着朋友的朋友的面，

要不就与人握手言欢

和一个塌鼻子的得胜者[2]。

打开窗户，掩上门扉，

开启，关闭，却既不想

结束也不想挽回；

这些个愿望

不会越出

---

[1] 这首诗收录在1945年的《奥登诗选》中时的标题是《你应决断》(Make Up Your Mind)，还有一个副标题《无处栖身》(To Have Found a Place for Nowhere)。这首诗还有一个更长一些的版本，曾作为副歌出现于奥登写于1930年的诗剧《弗罗尼》(*Fronny*)中，此剧的手稿后来弄丢了，只留下了一些残篇，后来用在了奥登和衣修伍德合写的诗剧《狗皮人》里。在1991年版的《诗选》中，标题改为了《简便的知识》。究竟是奥登本人之意，还是编者门德尔松教授所改，不得而知。相对而言，起初的标题更切中题义，虽然带有了某种反讽的意味。

[2] 这个塌鼻子的家伙应是指奥登友人加布里埃尔·卡利特。汉弗莱·卡彭特的《奥登传》曾提到此节：卡利特是一名牛津新生，就来自“弗格森上尉”任教的那所赛德伯中学(见《更离奇的今天》一诗的注解)，他是该校橄榄球队的队员。奥登一度曾向他示爱并告白过，但卡利特似乎并无回应，令奥登一段时间里饱受折磨。奥登好几首诗和卡利特有关：两人初相识的1927年，奥登曾为他写过一首名为《因为傻瓜已离去》的诗。在后来题献给卡利特的另一首诗里，奥登说“我把你叫做一个塌鼻子的得胜者”，而卡利特的获胜是因为他“心灵上的平和”。若干年后，奥登在写给卡利特的信中也提到说：“你特殊的美德——你当然知道这点——是当了一个安慰者。”1932年出版的诗集《演说家》中收有一首致卡利特的颂歌；此后，在游记《冰岛来信》(1937)中，奥登又点了卡利特的名：“塌鼻子的加布里埃尔·卡利特”。这或是追求失败后的某种心理补偿吧。(这首诗的翻译和注释，译者参考了卡彭特的《奥登传》和范倍先生的专文《一首诗的翻译及其他，或者轻松的知识》。特此致谢。)

这小镇的雷池一步，
而倚着车窗探身问路，
我们无从得知身在何处；
当心神散失的面孔
没有了宽容
没有了判断，
就再无什么消遣
只能去默记
亩数、里程数，
和关于道德风俗
的简便的知识。

1930 年 5 月

## 太亲热，太含糊了

爱受野心驱使
如所定义
必会遭遇分离，
且不能接受“是”转向“不”，
只因“不”即无爱；
“不”就是“不”，
是摔门离家，
是绷紧了下巴，
一种故意为之的悲情；
而说“是”，
让爱终成好事，
是凭栏看风景
但见田野一片喜气；
若对一切放心确信，
沙发吱嘎吱嘎，
于是万事大吉，

爱是脸颊贴脸颊，
情话对情话。

声音揭示出
爱的欢乐和痛苦，
指头尽管敲着膝
还不能表示异议，
平心静气来挑衅
一并吐露真情，
五十步笑百步
各有各的短处；
爱不在那里，
爱换了另张座椅，
已然心知肚明
往下会到什么境地，
不再烦恼生气，
不再目眩头晕，
离开北方[1]正得其所
欣然而无惑，
且不会用这一个

[1] 出处不明，一种可能是诗人回想起了在北方某地发生的情事；也可能暗指青春期，典出劳伦斯的《无意识幻想曲》。

去推想另一个，
盘算着他自己的不幸
预言了毁灭且还不忠不信。

1929 年 3 月

# 这月色之美[1]

这月色之美
没有历史
完整而又原始，
若此后这美丽
具备了别种特质
它会有一个爱人
而不复纯真。

这美有如一场梦魇
遵循了不同的时间，
在大白天
它就消失不见，
只因时光流转
感情也会生变，
而心魔随之出现，
迷茫又渴盼。

但对这纯真之美
魔鬼从未刻意而为，
要将美结束了断，
也未必如其所愿；
直到它渐行渐远，
爱才会临近此地
带来欢洽与甜蜜，
悲伤才会凝神注视
无休无止。

1930 年 4 月

---

[1] 1930 年，奥登获得了他的第一份工作——去苏格兰海伦堡的拉知菲学校任教。这是一所私立的男童学校，奥登在任教的第一个月就写出了《这月色之美》。富勒先生指出，“月色之美”暗喻了少年之美，“魔鬼”则是内心欲望的暗示。奥登的好友斯蒂芬 · 斯彭德曾说该诗是奥登最优美的作品之一。

# 一切如此轻易[1]

一切如此轻易，
一切却微不足道，
一切情况尚好，
只因融洽无间，
我的意思是
仅在你我之间。

谁和谁走在一起
床铺自然知道，
如同我和你
吻别了走掉，
事实即已生成，
感官也已确认。

命运来得不算迟，
台词无须重写一次，

也没有忘记一个字，
起初就说到了内心，
以全部身心，
为另一颗心。

1931 年 10 月

[1] 《谣曲五首》第三首。标题为译者所加。

# 当黑夜沉寂[1]

当黑夜沉寂，就可看清
豌豆形的小岛
和我们那丑怪滑稽的侍应，
他曾这般的灵敏机警。

哦，阳台和果品，
海湾里，那小小轮船的
汽笛声让夏天大吃一惊：——
而你已离去。

或于 1933 年

[1] 《谣曲五首》第四首。标题为译者所加。

# 夏夜[1]

（致杰弗里·霍伊兰）

我躺在床上就在那室外草坪，
头顶的织女星闪耀分明
　在六月那些无风的晚上，
当簇簇树叶将形影收敛
不复白天活力；我的脚趾尖
　正对着新升的月亮。

很幸运，这个时候这个空间
被选作了我的工作地点，
　这里有夏天迷人的气息，
有海水浴和光裸的臂膀，
还可驾车悠然穿越田地与农庄
　对初来乍到者很有益。

与同事们相处亲密无间，
我在每个平静的夜晚

如花朵般欣喜异常。
那道初始之光离开了藏身处
伴随着鸽子般的声声催诉
伴随着它的逻辑和力量。

那以后，虽然就此暌违分别，
我们或许仍会回想起如许良夜
若恐惧对时间已不再关注；
郁卒往事如狮子从暗头里跑来，
它们的口鼻磨蹭着我们的膝盖，
而死神放下了他的书。

此刻，无论南北，无论东西，
那些我爱的人已躺下歇息；
月光俯照着他们全体，
江湖郎中和机智的空谈家们，
怪人和默不作声散步的人，

[1] 从 1930 年到 1935 年，奥登做了五年的教书匠：之前两年在苏格兰海伦堡的拉奇菲尔德学院；后三年在赫利福德郡的道恩斯中学，其间写了一些作品，包括了这首《夏夜》。奥登后来将这首诗题献给了杰弗里·霍伊兰——道恩斯中学的第二任校长。在这首诗里，奥登回忆了在道恩斯中学度过的美好时光：他把自己那间学校宿舍叫做“劳伦斯别墅”；夏天时，他习惯在学校草坪上支起床在露天过夜；他为学校出版的《道恩斯校友油画汇编集》写了个序，还为校刊《獾》的编辑提供了指导意见。而在 1970 年，正逢道恩斯中学创校七十周年，奥登还为校刊特辑专门写了一首《守备部队》。

　　矮胖墩和高个子。

她在欧洲的天空缓缓升起；
教堂和发电站如固定装置
　　铺展于地球的表面：
她窥视着画廊的内部，
目光茫然如一个屠夫
　　瞪着一幅幅奇妙画面。

留心着地心引力，
她已无暇顾及此地，可是
　　不受欲望影响的我们，
从令人安心的座座花园里
抬头仰望，以一声叹息
　　忍受着爱的暴政：

而温和人士，不愿去弄清楚
波兰在哪儿拉开了东方的弓弩，
　　何种暴力已付诸实践，
也不会去问哪个可疑的法案
赋予了这间英国屋宅里的自由权，
　　许可我们在太阳底下野餐。

很快，很快，顺着我们满足的渠沟，
崩决的洪水会强行冲出一个缺口
　且将淹过树木。
在我们眼前瞬间造成死亡，
它那掩藏已久的奔涌的梦想
　有着海洋般的规模和力度。

但当水流退去撤离，
麦子的绿苗最先钻出了黑泥
　露脸时怯怯缩缩，
此时搁浅的怪兽[1]倒地喘息着，
铆接固定的噪音，已吓坏了
　它们不灵敏的圆耳朵。

但愿我们害怕失去的快乐，
这隐私，无需什么藉口
　却与那股力量[2]相合，
正如在孩子性急的欢叫中，
父母低弱的声音已升高

[1] 据门德尔松教授说，怪兽指的是《旧约》中威力无比的海中怪兽“利维坦”，象征邪恶的庞然大物。
[2] “那股力量”对应的原文为“that strength”，评论界一般解释为“爱”。

唱着并不哀伤的歌。

警报已纷纷发出，
且让一切未定之数[1]
去平息国际间的烦忧，
让凶手对着镜子自求宽恕，
愿它们坚韧的耐力，能胜出
动作敏捷的雌虎一筹[2]。

1933 年 6 月

---

[1] 原文为“All unpredicted let them calm”，因存在同位关系，选择了简洁的译法；需注意的是，“them”一词奥登在初版时用的是“it”，暗指了“那股力量”，改为“them”后，一般理解为上一诗节第一行出现的“快乐”(delights)，也有解释为心中有爱的人。
[2] 末尾这行，奥登改写了威尔弗雷德 · 欧文(一战时期的英国诗人，死于大战结束前)那首《奇怪的会面》中的诗句“他们将敏捷迅速如雌虎”。王佐良先生曾译过这首诗，读者参看 1988 年 9 月上海译文出版社出版的《英国诗选》第 663 页。

# 两个人爬山

从短发的疯子管理员那里逃离，
回家所见尽是哀愁无助的表情，
惊惧中我爬上了山岭：
山上只一块摇摇欲坠的滚烫岩石；
没有洞穴、隘口和水流。编了个理由，
很快就倒在低矮山脊上喘气，
疲劳让我冷静反省了种种过失
我夸耀的生活已被他们篡改偷走。
与你一起爬山容易得就像赌咒发誓。
我们爬到了山顶，一点也不觉得饿，
不去看风景，只是四目相视，
眼中所见唯有笨拙、茫然的两个，
回到海滩，丰富的内在仍然未知：
爱赐予了力量，却带走了意志。

或于 1933 年夏

# 减数分裂[1]

爱让他动作迅速，他却在奋力拼命
艰难挣扎只为了占有另一个受体，
他们在短促的毁灭中已忘了陷阱[2]，
直到你，如种子脱离他这个母体，
通过无知无觉的爱获得了自由，
当他手枕臂弯，一个世界已在握[3]，
于是潜入海底作一次彻夜巡游，
在西北方造起屋宅[4]，为之劳作。

城市和岁月凝缩于你的囊腔，
所有悲伤已简化，尽管当你越长越高，
这一切几乎又会随之变得微妙：
但这个“几乎”清楚宣示了他的希望[5]
——美好的谎言无法遏止爱的潮水，
所有人都因之而变，也乐意追随。

或于 1933 年夏

[1] 生物学上，“减数分裂”是生物细胞中染色体数目减半的分裂方式，不仅是保证物种染色体数目稳定的机制，同时也是物种适应环境不断进化的机制。这首诗同样以晦涩难解著称，貌似在用科学术语客观描述自然现象（人类性行为和生命诞生），其下却隐藏了个人心理和历史现实的寓言，与叶芝的《丽达与天鹅》有异曲同工之妙。

[2] 据富勒先生考证，奥登在自己的笔记（1928 年至 1930 年期间）里有一段分析减数分裂和有丝分裂的文字，其中有这么一句：“每一次自然欲求的过程都以性高潮为目的。欲望满足时，双方欲仙欲死。”这或许可以解释该行诗中的“短促的毁灭”。

[3] 原文“While he within his arms”，直译为“当他枕上他的臂弯”；性爱后的“他”已安眠，此时卵子受精，新的生命契机就此展开。

[4] 造起屋宅是个比喻，喻指受精卵进入子宫并黏附于子宫壁上。“西北方”亦是奥登和友人、作家衣修伍德早年的一个暗语：衣修伍德曾用“西北航线”（即北冰洋航线，艰险而九死一生的旅程之意）来比喻对生活的逃避姿态，人们因拒绝直面自我而走上了一条险途。在法语中，“转向西北”也是个俚语，意指试探性地尝试同性恋。

[5] 长大成人的“你”，同样要经历“他”这个母体所经受的那些“悲伤”，但并不是完全地复制：正是这一点给了“他”希望。

# 名人录[1]

一篇生涯小传会给你全部的事实：
父亲是如何揍他，他又是如何逃亡，
他青年时经历了怎样的奋斗，又是
何种行为塑造了他今日的伟人形象；
他如何打架、钓鱼、捕猎，彻夜工作，
头晕了仍去登新的山峰；还命名了海洋；
晚近的一些研究者甚至有此一说
爱曾使他痛哭流涕如同你我一样。

所有荣誉集于一身，他却为一个人叹息：
此人，据惊讶的评论家所言，守家安分；
会驾轻就熟地做些杂碎的家务活，
除此别无长项；会吹口哨；会呆坐，
要不就在花园里溜步；会回复几封
他写来的精彩长信，却不留片纸。

或于 1934

[1] 这首诗最初发表于1936年的诗集《看，陌生人！》，原先无标题，1945年奥登为它加上了这个标题。这是一首变体十四行诗。富勒先生说，奥登之所以写下这首诗，有可能是因为阅读了有关“阿拉伯的劳伦斯”（T. E. 劳伦斯）的传记；此外，理查·达文波特·海恩斯的《巴黎1922，普鲁斯特》里又提到，当初衣修伍德曾向奥登推荐了新出版的普鲁斯特《追忆逝水年华》第四卷，奥登读到其中十字路口的隐秘恋情的段落，受启发写下了这首诗。由此看来，本诗的题目“Who's Who”或是双关，字面意思当然是“名人录”，但也可理解为“他背后的那人”，前后两个诗节的情状对比，意在以名人的外部声名之大，来反衬他内在感情之脆弱，如此推想，则奥登指涉同性恋情的可能性更大。

卞之琳先生将标题译为《名人志》，且引译文如下：

一先令传记会给你全部的事实：
他父亲怎样揍他，他怎样出走，
少年作什么奋斗，是什么事迹
使得他在一代人物里最出风头：
他怎样打仗，钓鱼，打猎，熬通宵，
头晕着攀新峰；命名了新海一个：
最晚的研究家有的甚至于写到
爱情害得他哭鼻子，就像你和我。

他名满天下，却朝思暮想着一个人，
惊讶的评论家说那位就住在家中，
就在屋子里灵巧地做一点细活，
不干别的；能打打唿哨；会静坐，
会在园子里转转悠悠，回几封
他大堆出色的长信，一封也不保存。

# 在这座岛屿上[1]

看，陌生人！在这座岛屿上
此刻你会欣喜地发现跃动的光，
在这里久久伫停，
沉默且不言，
大海摇曳不定的声音
或会如一条河流
蜿蜒流经耳管。

这里，一片狭小土地的尽头
白垩岩跌落到浪沫里，它高耸的岩体
抵抗着潮水的
拉扯和冲击，
吞噬一切的海浪过后，
水落石出，一只海鸥
片刻栖停在陡峭岩壁。

远处，航船如漂流的种子
因急迫的差事自愿各分东西，
这整个的景象
或会真的进入
记忆，一如此刻飘移而至的浮云，
它们在海港的镜子中映现
整个夏天都将悠然闲荡在海面。

1935 年 11 月

---

[1] 奥登此诗是为一部名为《在海边》的纪录片所写。他后来还打算把这个标题作为自己第二部诗集的书名，但费伯出版社最后取了篇首几个字——《看，陌生人！》；在美国出版时，才改用了奥登喜欢的书名——《在这座岛屿上》。

# 夜邮[1]

## I

这是夜间邮车正穿越边境，
护送着支票和邮政汇单远行，

给富人递送函件，给穷人捎来温情，
寄到街角的商店，给隔壁女孩送信。

在比托克[2]停车，过后持续爬升：
坡度有点阻力，但它会准点到分。

经过了棉菅草坡和荒野巨石
向两边大口喷吐着白色蒸汽，

当驶过微风拂掠的草地，

喧闹的响鼻打破了数英里的静寂。

当它驶近，灌木丛里的鸟儿转过脖颈，
瞪着那些表面光洁的车厢，目不转睛。

牧羊犬无法改变它的路线；
它们四爪交叉地躺着已入眠。

它驶过农庄时，没人会醒来观看，
但卧室里的一只水罐会轻轻震颤。

## II

神清气爽的黎明，爬坡已结束。

---

[1] 《夜邮》是奥登为拍摄于 1936 年的同名纪录片所写的电影诗，用在了结尾段落的最后几分钟。这部电影是 GPO 为伦敦—米德兰—苏格兰一线的夜间邮政列车特别拍摄的宣传影片，导演是哈利·瓦特和巴兹尔·莱特，背景音乐由本杰明·布里顿所谱写。奥登在《夜邮》中模仿了火车行进的节奏变化：第一段落起步舒缓，随后逐渐加快；到了第三段落，一大堆的排比罗列直叫人喘不过气来；而在第四段落，火车已抵达终点站，节奏又放慢下来，语调也渐趋平静。表现在影片中，第三段的朗诵速度之快令人咋舌，在车轮和铁轨的音效烘托下，非常有戏剧性。纪录片大师、GPO 电影局(The GPO Film Unit)的负责人约翰·格里尔逊亲自上阵担任了朗诵人。

[2] 比托克是苏格兰东南部的一个村镇。

它向着格拉斯哥[1]一路下行，
驶向了吊车空场后嘶叫着的蒸汽拖船，
驶向了设备林立的矿场，座座高炉
如巨大的棋子矗立在暗沉原野上。
全苏格兰都在等候它：
在暗黑的峡谷，在浅绿的海湾，
人们正翘首以盼。

## III

感谢信，银行商务函，
青年男女洋溢着快乐的信，
新股票的备查票据单
或是走亲访友的请柬，
各种情况的申请，
和恋人羞怯的表白信，
还有闲聊扯谈，来自各国的八卦书信，
详尽的新闻报道，和财经快讯，

[1] 格拉斯哥是苏格兰西南部的港埠。

有些信里夹着要放大的假日照片，
有些信纸边角上画着涂鸦怪脸，
有叔舅、表亲和姑姨寄来的信，
从法国南方寄往苏格兰的信，
还有寄到高地和低地[1]的吊唁信，
所用信纸各色各异，
粉色的，紫色的，白的和蓝的，
唠叨的，阴险的，乏味的，表达爱慕的，
冷漠的，官样文章的，还有倾吐衷肠的，
聪明的，愚蠢的，短的和长的，
打印的，印刷的，还有拼写错漏百出的。

## IV

成千上万人还在沉睡，
梦见了可怕妖怪，或梦见了
乐池旁的友好茶会，在克兰斯敦或克劳福德：
在繁忙的格拉斯哥，在整洁的爱丁堡，

[1] “高地和低地”指苏格兰高原和苏格兰平原。

在坚如磐石的阿伯丁，[1]
沉睡者流连于梦境，
但他们很快会苏醒，期盼着来信，
当听到邮差的敲门声
每个人的心跳都会骤然加快。
因为被人遗忘的感觉谁堪忍受？

1935 年 7 月

[1] 这里连续出现的克兰斯敦、克劳福德、爱丁堡、阿伯丁，都是英国城市名。

## 某晚当我外出散步[1]

某晚当我外出散步，
　在布里斯托尔[2]街头遛弯，
步行道上人群熙攘
　恰似那丰收的麦田。

沿着涨潮的河道游走，
　在铁路拱桥的下面
我听到恋人正唱着情歌：
　“爱没有止境终点。

“我爱你，亲爱的，我将爱你
　直到中国和非洲彼此会合
直到河流跃过了高山
　而鲑鱼跑到街上唱歌，

“我将永远爱你，直到大海

被收起晾晒，海水也变干涸，
直到那天上的北斗七星
　化身为嘎嘎尖叫的鹅。

“岁月会像兔子般逃走，
　只因它们常驻我心怀
那古老世纪的花束，
　和人世最初的爱。”

然而城里所有的座钟
　开始将乐声持续奏响：
“哦，别让时间欺骗你，
　你无法征服时光。

“在噩梦的洞穴里
　正义全然赤身裸体，
时间躲在阴影里监视
　你若接吻就咳嗽示意。

“苦于头痛和焦虑

[1] 奥登曾戏称自己的这首诗为“民谣大拼贴”。
[2] 布里斯托尔是英国西南部的港口城市。

　生命似乎渐趋黯淡。
而时间自有其虚妄
　无论明天或今天。

“那极其骇人的雪
　飘进了青山翠谷；
时间打乱了弦歌曼舞
　和跳水者美妙的弓步。

“哦，把你的手伸进水里，
　一直伸到你的腕部，
看着，看着水池子
　想想你已丢了什么。

“冰川在碗橱里震响，
　荒漠在床头哀叹，
而茶杯的裂缝，开启了
　通往死亡之地的航线。

“在那儿乞丐抽奖得了钱，
　巨人对杰克着了迷，[1]

[1] 典出英国民间故事《杀死巨人的杰克》，讲的是英雄少年杰克屡次智杀巨人的英勇事迹。

纯洁少年[1]是个哮喘病人，
　吉尔仰面跌倒在地。[2]

“哦，看哪，看着镜子，
　哦，看着你的痛苦烦忧；
生活保留了一点幸运
　虽然你无法祈求。

“哦，站着，站在窗前
　当热泪已情难自禁；
你该去爱你驼背的邻人
　用你那颗扭曲的心。”[3]

天色已晚，夜正深沉，
　恋人们已走远；
时钟停止了它们的奏鸣，
　而深彻的河水奔涌向前。

1937 年 11 月

---

[1] “纯洁少年”出自英国传统歌谣《青青灯芯草》，奥登曾将它收录在自己编辑的《牛津轻体诗集》里。
[2] “吉尔”是英国童谣《杰克和吉尔》中的小姑娘。在这首童谣里，杰克和吉尔是一对兄妹，结伴上山挑水，结果杰克一跤摔破了头，吉尔也跟着摔倒了。
[3] 这两行出现的“驼背的”和“扭曲的”，其对应的原文均为“crooked”。须得注意的是，“crooked”也有影射“同性恋”的意味。

# 亲爱的，夜晚虽已逝去[1]

亲爱的，夜晚虽已逝去，
它的梦今天仍自萦绕，
是它，将我们带到了
一个深阔高耸的房间，
恍如铁路终点站：
晦暗中，床铺挤挨着，
我们挑一张躺下
在远远的一角。

耳语没有将时钟吵醒，
我们吻着，而我对你
所做的一切都心生喜乐，
浑然不顾每一张床上
瞪着敌意的眼睛
坐着的对对情侣，
他们相互搂着脖颈，

迟钝而略显忧郁。

隐藏的内疚的虫豸
折磨着我，要么是
恶毒的猜疑将我伤害，
之后，你却毫无愧意地
做了我从未希冀之事，
承认了另一桩恋情；
顺从如我，感觉已是
多余，于是起身远离。

1936年3月

[1] 《谣曲十二首》第四首。标题为译者所加。

# 葬礼蓝调[1]

让时钟全都停摆，把电话线拔掉，
给狗一根多汁的骨头让它不再吠叫，
让钢琴静默，让鼓声低沉，
抬出那灵柩，让哀悼者登门。

让头顶盘旋的飞机悲歌一曲
在空中拼写出“他已逝去”。
为鸽子的白颈系上绉纱领结，
让交通警戴上黑色的棉手套。

他是我的北，我的南，我的东与西，
我的工作日和休憩的星期日，
是我的正午，我的夜半，我的话语，我的歌；
我原以为爱会永续：我错了。

不再需要星星，让它们都熄灭，

裹起月亮，再把太阳拆卸，
将大海倾空，把森林连根拔除；
因为现在一切都已于事无补。

1936 年 4 月

---

〔1〕《谣曲十二首》第九首，也是《献给海德丽 · 安德森小姐的四首卡巴莱曲》中的第三首，原标题即《葬礼蓝调》。

# 罗马墙蓝调[1]

湿湿的风儿从石楠丛上吹拂而来
我在战袍里抓虱子，我鼻子有点塞。

雨点啪嗒啪嗒地落下，自乌黑的夜空；
我是守城士兵，我不知为何做这份工。

薄雾悄悄爬上了坚硬暗沉的石垒，
我的女孩在图恩格里亚[2]；我一个人睡；

奥留斯会在她家附近徘徊溜圈，
我讨厌他的为人，也讨厌他的脸。

皮索是个基督徒，他崇拜一条鱼[3]；
那就不会有什么吻，若他如此期许。

她给了我一枚戒指，但我已赌输掉；

我要我的女孩，我也要我的酬劳。

当我退伍，变成一个独眼龙，
我就什么也不做只仰望天空。

1936年10月

[1]《谣曲十二首》之第十一首。“罗马墙”即哈德良长城，公元122年，罗马帝国皇帝哈德良为防御北部皮克特人反攻，以保护罗马治下的英格兰南部，在中北部边界修筑了这道由石头和泥土构成的横断大不列颠岛的防御工事。

[2] 图恩格里亚：古罗马地区名，今荷兰和比利时的部分区域。

[3] 这里是指由两条弧线组成的鱼形符号，又被称为“耶稣之鱼”。早期基督教徒不给耶稣画像，仅用一些象征符号来代表耶稣，例如“鱼形符”，因为在希腊文中，鱼（“ichthus”）这个字恰好由耶稣（Iesus）、基督（Christos）、上帝的（Theou）、儿子（Uios）、救世主（Soter）这几个词语的首字母所组成（这点与早期佛教以菩提树、鹿、法轮、足印等图形来象征佛法亦是互通的，代表了偶像崇拜兴起前的纯朴信仰）。

# 哦，告诉我那爱的真谛[1]

有人说爱是个小男孩，
　　　　还有人说它是只小鸟，
有人说它推动了世界，
　　　　还有人说这荒诞可笑，
我去问隔壁的那个男人，
　　　　他看上去似乎深知其故，
事实上他老婆大发脾气，
　　　　还说爱毫无用处。

它看上去像件睡衣，还是像
　　不卖酒的旅馆里的火腿？
它的气味让人想起了驼羊，
　　还是闻上去令人欣慰？
它碰上去像树篱一样多刺，
　　还是有鸭绒般的柔软质地？
它的边缘很尖锐还是很平齐？

哦，告诉我那爱的真谛。

我们的历史课本提到过它
有寥寥几条的隐晦注释，
在大西洋航线的轮船上
它是个相当普遍的话题；
在自杀事件的报道里
我发现这个主题常被提及，
甚至见过它被人乱涂乱写
在铁路指南的封底。

它会像饥饿的牧羊犬般吠叫，
还是会像军乐队般轰鸣？
你能否把它模仿得惟妙惟肖，
用一把锯子或一架斯坦威大钢琴？
它在聚会时的演唱很煽情？
它只喜欢那些古典玩意？
它会否停止，当你需要安静？

---

[1] 《谣曲十二首》第十二首，也是《献给海德丽·安德森小姐的四首卡巴莱曲》中的第二首，原标题为《哦，告诉我那爱的真谛》，创作于奥登与衣修伍德乘船前往中国的旅途中。奥登曾对友人说，这首诗对他个人而言非常重要。中国行之后，奥登移居美国，遇到了后来的伴侣切斯特·卡尔曼，并将这首诗送给了他。

哦，告诉我那爱的真谛。

我曾在消夏别墅里查看；
它从来不在那里。
我在梅登黑德[1]的泰晤士河
和空气清冽的布里顿[2]也曾一试。
我不知道黑鹂在唱什么歌，
也不知郁金香在说什么；
但它不在养鸡场里，
也没在床底下藏着。

它会不会做鬼脸扮怪？
它荡秋千时常会头晕不已？
它会投入所有时间参加各种比赛，
还是会拨弄各种弦乐器？
它对金钱是否有自己的观点？
它认为爱国主义是否足够？
它的故事庸俗却很好玩？
哦，告诉我那爱的真谛。

---

[1] 梅登黑德位于大伦敦市区的西面，是英格兰伯克郡的一个城镇。
[2] 布里顿是英国南部的度假胜地。

当它到来，会事先没提个醒，

　而我正好在挖鼻子？

它会在早上按响门铃，

　或会在公共汽车上踩我的脚趾？

它会像天气变化那样发生？

　它会客气招呼还是粗野无礼？

它会彻底改变我的人生？

　哦，告诉我那爱的真谛。

1938年1月

# 多佛港[1]

陡峭的山路，白垩丘崖下的隧道，入口已至；
一个废弃的航标灯俯瞰着人工海湾；
这滨海区几可称为优雅；如此景象
皆有一个暧昧卑污的根源，在内陆某处：
　　这个城镇不制造任何东西。

高耸的诺曼式城堡，夜间通体透亮，
车站建在海边，一列列火车冒烟吐气，
证明了常规生活自有其旨趣：
本地的专家琢磨着水兵的需要
　　和客源的构成，

轮船载着游客在灯塔间出出进进；
灯塔如绅士门前镇守的一对石犬
永久守护着这片海湾的私密清静。
防波堤里边，英语说得标准地道，

边界外，各国语言五花八门。

启程出发时，移民们的眼睛盯着大海，
祈求命运女神出现在冷漠的水面：[2]
“我看到在湖面上做出了一个重要决定，
我看到了疾病，替身人物[3]，床上的阿拉伯人，
失败的家长制，还有金钱。”

连年失败后变得激进，或是聪明又有名气，
归乡者的眼睛感谢这些历尽沧桑的悬崖峭壁；
“镜子再不会撒谎，时钟也不会责备；
在紫杉树的阴影里，在孩子们的聚会上，
一切定会解释分明”。

古老的城镇，它的要塞和乔治王时代的旧屋

---

[1] 多佛为英国东南部肯特郡的自治市与港口，与法国加莱隔多佛尔海峡相望，相距不到四公里。它位于白垩地峡谷口，沿岸有三十二公里长的白垩崖壁，罗马时期是往来欧洲大陆的交通要地，公元四世纪建要塞，公元十一世纪诺曼人建城堡；海峡悬崖东侧至今仍有罗马人所建的城堡和灯塔。1937 年 8 月末至 9 月初，奥登和衣修伍德去了多佛港，租了港口东崖 9 号的一间公寓，在那儿写他们的新诗剧，其时适巧 E. M. 福斯特也在那里避暑。
[2] 后面两行颇令人费解，然而结合了上下文来看，应该是命运女神告谕传达的内容，这些错乱无稽的语句或预示了移民们的未来命运。富勒先生在他的评论中也把这一诗节解释为神谕。
[3] 原文为“a beard”，并非指“胡子”，而是“幌子、挡箭牌、替身人物”的意思，尤指与男同性恋者约会、助其隐瞒身份的女性。

仰赖这些与众不同的时刻确立了保留节目；
赌咒发誓、眼泪和告别时动情的手势
在这儿稀松平常，此类动作不值一提
　　如同耕田犁地或醉歌一曲。

衣着光鲜的士兵们涌入了一间间酒吧，
思想左倾又愚蠢，活似一流院校的女生；
狮子、玫瑰和花冠[1]，不会要求他们赴死，
不是这里，不是现在；他们扼杀的只是时间，
　　一个穷困平庸的未来。

在他们头顶上，昂贵锃亮如富家子的自行车，
机群嗡嗡轰鸣着穿越欧洲的天空，
偏处一隅，令英格兰变得无足轻重；
而潮水提醒着日光浴泳客，这个冷却的星球
　　其历史进程已走完一半。

一轮满月高悬于法国上空，冷感而惹人，
恰如我们邂逅的某个讨喜而危险的献媚者；
当陷入极度沮丧，我们将再度凝望：

[1]　“狮子、玫瑰、花冠”都是诗意的指代，可理解为“功名、爱情和荣誉”。

黑夜已找到许多新的信徒；对无数朝圣者来说
　　麦加代表了内心的冷酷。

拂晓时鸥鸟哀号如在艰辛劳作：
士兵保护着付给他酬劳的旅行者，
每个人都以相同方式为自己祈祷，却既不能
掌控岁月也影响不了天气。有人或是英雄：
　　我们不都是那么郁郁不乐。

1937 年 8 月

## 摇篮曲

放低你安眠的头颅，我的爱，
人类正枕着我不忠的臂弯；
时间与热病销蚀了
敏感多思的孩子们
那与众不同的美，而坟墓
印证了童年的短促：
躺在我怀里直到天明
让这生灵就此安睡，
凡人，罪人，于我
却如此美好悦目。

恋人们的灵魂与肉体
并无界限：当他们躺在
她宽容而迷人的山坡上
如往常般神魂颠倒，
维纳斯传送了阴沉的幻象，

出于超自然的感应
出于博爱和希望；
而在冰河与岩石之间
一个抽象的顿悟唤醒了
隐士的感官迷狂。

确切无疑，忠诚
会在午夜准时结束
恰如钟摆的震颤，
时髦的疯子们会升高
他们迂腐烦人的叫声：
每一个微小的代价
如可怕的命牌所预言
必得全部偿付，而此夜过后
每一声低语、每一个念头、
每个吻、每一瞥再不会失去。

美、午夜、幻象，渐已消逝：
且让黎明轻柔的微风
拂过犹在梦中的你，
这一天如此可喜地呈现，
眼睛和驿动的心或会感激

满足于我们的尘世；
清醒的正午会提供见证
那无意识的力量滋养了你，
而轻侮的夜会让你通过
被每一个人类之爱守护。

1937 年 1 月

# 俄耳甫斯[1]

歌声在期待着什么？他那双灵动的手，
与羞怯欢欣的鸟雀仍保持了一点距离？
　　是让自己变得迷惘而快乐，
　　还是首先去了解生活？

但这些美丽生灵只满足于升高半音的曲律；
温暖便已足够。哦，倘若严冬真的
　　横加阻挠，倘若雪花转瞬消殒，
　　希望还有何用，翩翩起舞又有何益？

1937 年 5 月

[1] 俄耳甫斯是古希腊色雷斯歌手，父亲是太阳神兼音乐之神阿波罗，母亲是司管文艺的缪斯女神卡利俄珀，生来便具非凡的艺术才能。他的琴声可使神人共醉，使山林岩石移动，使野兽驯服。他的新婚妻子欧律狄克在婚礼上中蛇毒而死，俄耳甫斯为救心上人去了地狱。他如诉的琴声感动了各界神灵，地狱的冥王和王后答应了他的请求，但有一个条件：在将欧律狄克带回人间的路上，他不可以回头去看妻子。可是，走到地狱边界时，俄耳甫斯忘了这个禁忌，回头去看了爱人，于是欧律狄克第二次死去。当然，奥登在这里悲叹的不是爱人，痛悔的不是那致命的回头一看。这首诗写于奥登自西班牙返国后，他的内心因现实与理想、政治与艺术之间的冲突而满怀焦虑，他所悲叹或责备的，乃是诗歌(歌声)本身。

# 往何处去？[1]

这个旅程朝向何方？码头上的守望者
忍受着他的厄运，如此地嫉恨艳羡，
此时群山不疾不徐地划开水面渐行渐远，
鸥鸟也弃绝其誓言。它预示着更公平的生活？

终于孑然一身，旅行者在海风暧昧的
触抚中，在大海变幻无常的闪光里，
果真找到了美好乐土[2]存在的证明，
如孩子们在石缝里找出的物事般确定？

不，他什么也没发现：他并不希望到达。
旅行如此虚妄；虚妄的旅行确乎是一种病
在虚妄的岛屿[3]上，内心无法掩饰也不会受苦：
他宽宥了迷狂；他比他想的更脆弱；脆弱如此真实。

但时常，当真实的海豚纵情跃出水面

意欲博取赞赏，或者，远远地，当一座真实的岛屿
跃入他的眼帘，恍惚就此终止：他想起了
悠游自处的那些时日，那些地方；他满心欢悦地相信，

也许，迷狂将得到治愈，真实的旅行将抵达终点
在那儿，相遇的心灵将彼此坦诚：而远离了这片海洋，
那些善变的心虽会分别，却将始终不渝；即使
分飞各方，掺杂了虚妄与真实，却不会再受伤害[4]。

1938 年 1 月

[1] 《航海记》组诗第一首。这首诗在《战地行纪》中的标题即是《航海记》，被收录于 1966 年版的《短诗合集》时，才以《往何处去？》命名。本篇写于奥登和衣修伍德穿越印度洋的航行途中。

[2] “美好乐土”的提法，出自托马斯·莫尔的政治讽刺小说《乌托邦》（*Utopia*）。utopia 这个复合词由希腊文的 ou（意为没有）和 topos（意为地方）构成，意指“乌有之乡”；在希腊语中，前缀 ou 与 eu（意为美好的）发音相同，因此又构成一个矛盾性的双关：乌托邦既是“美好乐土”（good place），又是一个不存在的地方（no place）；此外，奥登研究者约翰·富勒还提到了与亨利·詹姆斯的短篇小说《奇妙的美好乐土》（The Great Good Place）的可能关联。这个主题此后经常出现在奥登的作品中，包括《战争时期》组诗第十三首、《预言者》以及写于 1941 年的《在亨利·詹姆斯墓前》。

[3] 航行海上的海轮如漂浮的岛屿。

[4] 1960 年代，奥登将最后一行的“掺杂了虚妄与真实”改成了“如真理与谎言各自而行”（as truth and falsehood go）。

# 海轮[1]

街道灯火通明；我们的城市清洁整饬；
三等舱玩着最脏污的牌戏，头等舱赌注不低；
睡在船头的乞丐们从不去留意
特等舱里可做些什么；没人会刨根问底。

恋人们在写信，运动好手在打球嬉戏；
有人怀疑荣誉，有人怀疑他妻子美貌已逝；
一个男孩颇有野心：也许船长对我们都很嫌弃；
有些人的日子也许过得体面有礼。

我们的文明，如此风平浪静地
在大海的贫瘠荒原上前行；
腐溃东方的某处，有战争，有新奇的花卉和服饰。

某地，一个奇怪而诡谲的明天正待就寝
谋算着要考验欧洲来客；没人会揣摩寻思

去猜测谁最应羞愧，谁更富有，或谁将丧命。

1938 年 1 月

[1] 《航海记》组诗第二首。

## 冬天的布鲁塞尔

漫步在阴冷、纷乱的古老街衢，
偶遇的座座喷泉已雪埋冰封，
它惯常的曲律你已忘却；构成
一个事物的确定性已失去。

只有年老、饥饿和卑微无助的人
在此温度下仍会保持一种空间感，
他们聚拢在一起，同处艰困：
冬天收留了他们如一座歌剧院。

今夜，高级公寓的屋脊森然矗立，
那些孤立的窗户如农庄般灯火依稀；
说出的一个短语如货车满载着意义，

匆匆一瞥就可洞见整个人类史，
而五十法郎会让异乡人换得一个权利

可将这瑟瑟发抖的城市拥紧在怀里。[1]

1938 年 12 月

[1] 门德尔松教授和富勒都提及了这首诗末尾诗行的性暗示成分，尤其是异乡人通过“五十法郎”所获得的权利。

# 美术馆[1]

关于苦难，这些古典大师
从来不会出错：他们都深知
其中的人性处境；它如何会发生，
当其他人正在吃饭，正推开一扇窗，或刚好在闷头散步，
而当虔诚的老人满怀热情地期待着

神迹降世[2]，总会有一些孩子
并不特别在意它的到来，正在
树林边的一个池塘上溜着冰：
他们从不会忘记
即便是可怕的殉道也必会自生自灭，
在随便哪个角落，在某个邋遢地方，
狗还会继续过着狗的营生，而施暴者的马
会在树干上磨蹭它无辜的后臀。

譬如在勃鲁盖尔的《伊卡洛斯》[3]中：一切
是那么悠然地在灾难面前转过身去；那个农夫
或已听到了落水声和无助的叫喊，
但对于他，这是个无关紧要的失败；太阳
仍自闪耀，听任那双白晃晃的腿消失于
碧绿水面；那艘豪华精巧的船定已目睹了
某件怪异之事，一个少年正从空中跌落，
但它有既定的行程，平静地继续航行。

1938 年 12 月

---

[1] 1938 年夏天，奥登寓居布鲁塞尔时，曾在皇家美术馆观看了老彼得·勃鲁盖尔的画作，《美术馆》的第一节即涉及了画家的三幅作品：《冬日时光的溜冰者和捕鸟器》（*Winter Landscape with Skaters and a Bird Trap*）、《伯利恒的户口调查》（*The Numbering at Bethlehem*）和《伯利恒的婴儿屠杀》（*The Massacre of the Innocents*）。第一幅作品属风俗画，描绘了一个寻常的乡村冬日景象。后两幅为宗教画，直接取材于《圣经·马太福音》第二章，都与耶稣诞生地伯利恒有关，描绘的是大希律王为了将耶稣扼杀在襁褓中，先入户调查而后发动了屠杀全城两岁以内男婴的残暴之举。一般认为，勃鲁盖尔创作这组宗教画的动机与当时西班牙军队在尼德兰横征暴敛、残酷屠杀的野蛮行径有关。奥登将这三幅作品中的局部细节运用到了诗行中。

[2] 指圣诞节。

[3] 第二节具体描绘了勃鲁盖尔的另一件作品：《风景与伊卡洛斯的坠落》（*Landscape with the Fall of Icarus*）。伊卡洛斯是希腊神话中代达罗斯的儿子，当他用蜡造的羽翼逃离克里特岛时，因飞得太高，翅膀被太阳晒得溶化，最终跌落水中丧生。

# 小说家[1]

身披才能的盔甲如一套制服，
每个诗人的等级都众所周知；
他们如暴风雨会令我们惊讶侧目，
要么长年孤独，要么青春早逝。

他们会像轻骑兵般向前猛冲：可是
他却得努力摆脱孩子气的天赋，
要练就平凡与笨拙的技艺，
无人看重时亦须学会如何自处。

因为，要达成他最低微的心愿，
他整个人必得变得无趣，要服从
粗言恶语如服从爱情，在正义中间

扮演正义，在污秽中就同流合污，
而在他虚弱的自我中，若是可以，

他必得默默隐忍人类的所有过失。

1938 年 12 月

---

[1] 奥登在二十世纪三十年代后期，多次称赞小说艺术，比如《致拜伦勋爵的信》中对俄罗斯四位古典大师和简·奥斯丁的推崇。他在 1937 年还写了首谐趣诗，除了赞美衣修伍德的小说创作才华之外，还留下了与这首《小说家》类似的感慨——“化身为小人物，彻头彻尾地平凡与无害”。

## 作曲家

其他人都是在解释：画家描绘着
一个可见的世界，表达爱或是拒绝；
诗人在生活里翻寻，他信手拈来的
意象只为造成痛感和建立联结，

从生活到艺术，煞费苦心地适应，
仰赖了我们才可掩盖那裂缝；
惟有你的音符才是纯粹的新发明，
惟有你的乐曲才具备绝对的天分。

你风采尽现，一阵喜悦如醍醐灌顶，
瀑布会屈膝致意，堤坝也弯折了腰脊，
我们全体静默，过后又生出了疑心；

充满想象的乐曲，是你，也惟有你
才不会轻言生活是一场错误的游戏，

你无尽的宽恕如倒出的美酒甘醴。[1]

1938 年 12 月

[1] 奥登写下《作曲家》和《小说家》或是从他身边两位艺术家朋友那里撷取了某些灵感：《小说家》受益于克里斯多夫·衣修伍德，而《作曲家》受益于英国作曲家本杰明·布里顿。奥登一生与音乐颇有缘分，也与不少音乐家有过合作。但与这首诗中对音乐的热情褒扬不同，他在晚年修正了自己的看法，认为音乐艺术适于纯粹的赞美，却缺乏批判力量：在《第二世界》(*Secondary Worlds*，1968)里，他的表达更为直接：音乐通常是第一人称的，不及物的；它只有现在直陈式，没有否定式。

# 兰波

那些夜晚，铁路桥洞，暗沉的天空，
他的狐朋狗友并不了解这样的人生：[1]
但修辞学家的谎言在那个孩子的心中
已如水管般爆裂：寒冷造就了一位诗人。

他纵酒，因为那个抒情气质的脆弱友伴[2]，
他的心智感官发生了系统性紊乱，
与一切陈词滥调作了个彻底了断[3]，
直到他与抒情诗和软弱渐行渐远。

诗歌是一种特殊的耳疾；
正直并不足够；那似乎就像
童年时的地狱[4]：他必须再试一次。[5]

此刻，策马驰骋于非洲，他犹在梦想
一个新的自我：一个少年，一位工程师[6]，

而说谎的人们已能接受他的真理。

1938 年 12 月

[1] 少年兰波性格叛逆，屡次离家出走，来到巴黎后整日与乞丐为伍，一度还参加了巴黎公社的火枪队。这两行是在回顾兰波从外省流落到巴黎期间的颠沛流离的生活。

[2] 这位友伴即象征主义诗人魏尔伦。年龄相差悬殊的两人，是当时巴黎诗坛的著名同性情侣，一度相交甚好。后来，两人在布鲁塞尔火车站发生激烈争吵，魏尔伦因为用枪打伤了兰波而入狱两年，兰波则远走他乡。

[3] 这里暗示了兰波的诗歌理念(包括生活理念)——在“漫长的、庞大的、理性的骚乱中”加入幻觉。

[4] “地狱”是兰波诗歌的一个重要意象，尤其在名作《地狱的一季》中。

[5] “再试一次”指兰波传奇性的人生选择。兰波十九岁就停止诗歌创作，此后在欧洲各地游荡，后又辗转去了非洲经商，期间还曾贩卖军火。兰波践行了自己的诗句“生活在别处”、“我愿成为任何人”，他此后的生活经历延续了其诗歌的幻想特质。

[6] 最后两行隐含了奥登的自况，他将自我色彩点染在了诗行中：因为工程师曾是奥登儿时的理想职业。而末行那句“而说谎的人们接受了他的真理”，除了肯定兰波的诗歌地位，或也体现了奥登对自己艺术前途的自信。

# 暴君的墓志铭

他所追求的，是某种完美典范，
而他杜撰出的诗篇也不难领会；
他了解人类的愚蠢如熟悉自己的手背，
对军队和战舰也抱有莫大的兴趣；
当他大笑，可敬的参议员们笑成一片；
当他大叫，小孩子们就会在街头死去。

1939 年 1 月

## 自岁月中那些天赋倾撒而下[1]

自岁月中那些天赋倾撒而下；每个
取走一份，立刻各奔它的前程：
蜜蜂拿到了政治把那蜂巢筑成，
鱼儿如鱼般游动，桃树安于桃树的分责。

似乎第一次努力都取得了成功；
诞生的时刻，他们仅有的大学时日，
他们满足于自己早熟的知识，
且知道他们的位置，永远择善而从。

到最后来了个孩子气的造物
在他身上岁月能塑造出任何面目，
可以轻易扮成一头豹，或一只鸽子；

最轻柔的风也会吓得他直打哆嗦，
他寻找真理，却总是会犯错，

羡慕不多的几个朋友，也选择他的爱。

---

[1] 《战争时期》组诗第一首《自岁月中那些天赋倾撒而下》可以理解成组诗中的创世篇；奥登转化借用了《圣经 · 新约 · 启示录》中神谕般的口吻，揭示了人类与其他生物所不同的情况：因面临选择而善变的本性。这个诊断，构成了以后篇章的共同基调。

# 一个时代已结束[1]

一个时代已结束，最后的救赎者[2]就此
在床上死去，无用且不幸；他们已安全：
巨人那硕大的脚掌，再不会在傍晚
冷不防落下阴影，踏过他们外面的草地。

他们安睡了：在遍地泥沼中，无疑
一头绝了子嗣的龙正待寿终正寝。
但不出一年，兽迹已在荒野消失了踪影；
山里边，地灵的敲打声渐渐止息。

唯有雕塑家和诗人会有些哀伤，
而杂耍场那帮粗鄙的跟班走卒
已抱怨着去往他方。被挫败的力量

乐于隐去身形，自由无阻；
无情地击倒男孩，当他们误入歧途，

掳走女孩们，令父亲们失心发狂。

---

[1] 《战争时期》组诗第十二首《一个时代已结束》写于1936年，是奥登的一篇旧作，原先的标题是《经济人》；主题是文艺复兴对于蒙昧中世纪的战胜和“现代人”的崛起：早期基督信仰彻底终结了，一个“现代世界”正在孕育之中；但新的谬误继续产生，“被挫败的力量”仍然到处肆虐，愚昧和野蛮无休无止，它们已转化为人类内在的疯狂（即奥登在诗体解说词中提到的第二次幻灭）。

[2] 救赎者：原文“deliverer”一词在詹姆斯钦定版《圣经》的《诗篇》、《士师记》、《使徒行传》中多处出现，意为救助者、救赎者，常被用来指称救世主和耶稣基督，也指受耶稣委托前来救助的使者。救赎者的死去意味着基督信仰的衰亡。

## 这里,战争单纯得如一座纪念碑[1]

这里，战争单纯得如一座纪念碑：
有人正在接听一个电话；
地图上的小旗表明部队已就位；
勤务兵端来了几碗牛奶。有个计划

却让活着的人为其性命心惊胆颤，
该中午口渴、九点钟就渴了的人，或许
迷了路果真已迷路的人，还有那些想念
妻子的人，与某种思想不同，很快都会死去。

但思想正确无误，尽管有人会死，
而我们会看到千百张的脸
被一个谎言撩拨得激动不已：

地图会确切地指向那些地点，
此刻，那里的生活意味着噩耗：

南京；达豪[2]。

[1] 在《战争时期》组诗第十六首《这里，战争单纯得如一座纪念碑》中，奥登将镜头对准了中国内地抗战前线的一个指挥部，然而，错误的选择即便在战争正义的一方也存在。

[2] 达豪是德国巴伐利亚州慕尼黑西北的一个中世纪小镇，1933 年纳粹在那儿建造了第一个集中营。此外，奥登他们到达中国的时间是在 1938 年初，南京大屠杀刚刚过去不久，此一事件已引发国际社会的强烈愤慨。

# 他被使用在远离文化中心的地方[1]

他被使用在远离文化中心的地方：
被他的将军和他的虱子所抛弃，
他双眼紧闭躺在一条厚棉被里，
然后就泯无踪迹。他不会列名其上，

当这场战役被载入史册之际：
没什么要紧知识毁灭在那头脑里；
他的笑话已过时；他的沉闷一如战争时期；
他的姓氏连同他的面容已永远消失。

他不知善也不选择善，却将我们启迪，
如一个逗号为之平添了意义，
当他在中国化身尘埃，我们的女儿才得以

去热爱这片土地，在那些恶狗面前
才不会再受凌辱；于是，那有河、有山、

有村屋的地方，也才会有人烟。

---

[1] 《战争时期》组诗第十八首《他被使用在远离文化中心的地方》是奥登在中国旅行期间写下的唯一一首作品，在武汉文艺界为欢迎奥登和衣修伍德两人来访举办的招待会上，奥登曾当众朗诵过（可参看《战地行纪》游记部分的相关段落）。奥登后来进行了部分修改，但此后收于现代文库《诗选》中的版本似乎不如《战地行纪》的最初版本富有力量，语气甚至显得有些突兀。他删去了“他不知善也不选择善”一句，或许是考虑到这句话可能引发一些道德质疑；但更合理的理由是：奥登对人类作出正确选择的可能性已不再那么悲观了，至少仍抱有谨慎的信心。

## 人类生活从来没有臻于完善[1]

人类生活从来没有臻于完善；
冒险逞勇和无聊扯谈还会继续：
但是，如同艺术家感到才华已去，
这些行走尘世的人知道自己已完蛋。

有人不堪忍受也驯服不了年轻人，悲叹
缔造了昔日国际亲善的神话已受伤流血，
有人失去了一个他们从未理解的世界，
有人已将人的生来本性彻底地看穿。

“失败”是他们的妻子如影随形，
“焦虑”接纳他们如一间大饭店；而在可能
遗憾的地方他们必得遗憾；他们的生命，

会听到座座围城的呼告，会看见

陌生人带着快乐的神情盯视着他们，

而“自由”满怀敌意，在每一处房屋和树丛间。

[1] 在《战争时期》组诗第二十一首《人类生活从来没有臻于完善》中，奥登对邪恶者的命运作出了预告性的裁定，“‘失败’是他们的妻子如影随形，‘焦虑’接纳他们如一间大饭店”，这两句犹如神来之笔；结尾段落再次采用拟人化的手法，带来了未来的希望：因为自由仍在，面对邪恶者，它“满怀敌意，在每一处房屋和树丛间”。

# 当所有报道战事的机构[1]

当所有报道战事的机构
齐齐证实了敌人的胜利，
我们的防线被突破，军队已撤后，
暴力如一个新的疫病成功侵袭，

而“邪恶”这个魔术师到处受到欢迎；
当我们为曾生于此世而懊悔自责：
且让我们追忆所有似被遗忘的生灵。
今夜，在中国，允许我纪念其中一个，

历经十年的默默耕耘和期冀，
直到在慕佐[2]，他所有的才能显露，
而一切就此尘埃落定：

于是怀着大功告成的感激，
走进这冬天的夜晚，他轻抚

的小小城堡有着巨兽般的身形。

---

[1] 《战争时期》组诗第二十三首。卞之琳先生此前将第一行译为“当所有用以报告消息的工具”，从原文看，apparatus 这个词的本意为“设计或组装的一组设备或仪器”，与“工具”的意义还是有些差异，而与 report（报道）这个词连接起来，概指某类组织或机构。有一个方法可以推敲，那就是把汉语“工具”的本意反推到英文里去找对应的词语，我们找到的三个单词是 tool；instrument；implement；准确用词并不会减损诗意，译文和原文，在意义和声音的两个面向上都有无限切近的可能。

[2] 慕佐即慕佐城堡，是里尔克最后的居住地，位于瑞士瓦莱州小城西艾尔。1922 年里尔克的好友莱茵哈特为他买下了城堡；翌年，诗人在这里完成了他的杰作《杜依诺哀歌》和《致奥尔弗斯的十四行诗》，这一年，瓦雷里出版了《幻美集》，艾略特的《荒原》问世，而乔伊斯贡献出了令人目眩的《尤利西斯》。在寓居慕佐期间，里尔克还创作了 400 余首法文诗，翻译了瓦雷里的诗歌，确实可以说是“所有的才能显露”。

# 没什么唾手可得[1]

没什么唾手可得：我们须寻回我们的法律。
高楼巨厦在日头下争夺着统治权；
它们身后，如可怜的植物般
绵延着低矮瑟缩的贫民区。

我们没有指派给我们的命运：
没什么可靠之物仅剩这副躯身；我们
意欲改善我们自己；唯有医院楼群
犹在提醒着我们人类的平等。

孩子们在这里确实备受宠爱，连警察也概莫能外：
他们一说起孩子自立成人前的年月，
就有些怅然若失。

而唯有[2]
那些在公园里咚咚敲响的铜管乐队，会预言

某个沐浴在幸福与和平中的未来。

我们学会了同情和反叛。

---

[1] 《战争时期》组诗第二十五首《没什么唾手可得》在现代文库版《诗选》里被编入了组诗《航海记》的第六首，标题为《港口》；据约翰·富勒先生考证，这首诗写的是上海。彼时上海已沦陷，落入日军手中。奥登观察着这个亚洲的繁华商埠，看到了贫富差异的悬殊。结尾处，面对这个异域的陌生城市，他给出了里尔克式的浓缩答案："我们学会了同情和反叛。"

[2] 此处的排版严格与原书保持一致，其异乎寻常之处应是作者和原出版者刻意而为。

# 在自我选择的山岭间迷失徘徊[1]

在自我选择的山岭间迷失徘徊，
我们一再为古老的南方叹息感喟，
为那些温暖坦荡、天性沉着的年代[2]，
为天真口唇中那快乐的滋味。

在我们的小屋里睡着，我们恍然在梦中
置身于未来的盛大舞会；每座复杂的迷宫
都配有一张地图，训练有素的心灵律动
可以循着它的安全路线永远一路跟从。

我们钦羡溪流与房屋，它们如此确定：
而我们却为错误所困；我们
从未像大门般赤裸而平静，

也永远不会像泉水般完美；
我们必须生活在自由中，

一个山里的部族要住在群山之内。

---

［1］《战争时期》组诗第二十七首《在自我选择的山岭间迷失徘徊》是组诗的最后篇章。这首诗写到了人与自然分野之后，从确定性走向了迷失徘徊，正是后者使得我们永远处于“选择”之中——可能选择“恶”，譬若战争；当然也有可能选择“善”（或者“自由”）。在此，奥登为我们设定了一个结束所有错误选择的契机，一个人性的方向，一个存在的理由：“我们必须生活在自由中，一个山里的部族要住在群山之内”。他用强有力的自证逻辑重建了信心。

［2］“那些温暖坦荡、天性沉着的年代”出自波德莱尔的诗歌《我爱回忆……》，其中有一句为“我们永远不可能抵达的黄金时代”（J’aime le souvenir des ces époques nues）。

# 西班牙[1]

昨天的一切已消逝。度量衡术语
沿着贸易航线传播到了中国；
　　算盘和环形石柱[2]散布四方；
昨天，在日照充足的地带会测量投影[3]。

昨天，纸牌用来为保险估价，
水用来谶纬卜卦；昨天发明了
　　车轮和时钟，驯养了马匹。
昨天是航海家们忙碌穿梭的世界。

昨天，仙女和巨人被废黜，
城堡如兀立的苍鹰盯视着山谷，
　　小教堂建在了森林里；
昨天雕刻了天使和吓人的滴水兽[4]。

在石柱间对异教徒进行了审判；

昨天有小酒馆里的神学纷争，
　　有治愈百病的神迹泉水；
昨天有女巫安息日：但今天只有斗争。

昨天安装了发电机和涡轮机，
在殖民地的沙漠里铺设了铁路；
　　昨天有关于人类起源的
经典演讲。但今天只有斗争。

昨天仍信仰着希腊的绝对价值，
英雄死去时会垂下帘幕；

---

［1］《西班牙》或可称为一首介入现实的“政治诗歌”。1937年1月奥登亲赴内战中的西班牙，先到了瓦伦西亚，打算为共和政府开救护车而未获批准，后来在巴塞罗那为电台做了短期的撰稿和播音工作。当年3月他回到英国，3月末他完成了这首《西班牙》，法伯出版社将它印成了5页的小册子，所得版税捐献给了英国左翼人士建立的“西班牙医疗救助委员会”。1939年年底，奥登做了些局部修改，删除了3个诗节，变成23个诗节，标题也改为《西班牙1937》，将这首诗收入了诗集《另一时刻》中。奥登后来对自己这首诗非常反感，将它从各种选本中删去了。在此按照它最初的版本译出，即有26个诗节的完整版本。这首诗穆旦先生也有译本，有兴趣的读者可参看1988年9月上海译文出版社出版的《英国诗选》第702页。

［2］环形石柱，亦有译为环状列石，对应的原文为“cromlech”，原是由两块巨石搭就的墓穴，后来渐渐演变为呈环状排列的石柱群，类似于“巨石阵”(stonehenge)。

［3］指投影测量法，这是一种古已有之的测量物体(尤其是建筑物)高度的技术，通过测量物体的实际投影的长度和光线的角度来推算相应的高度值。据说古希腊数学家泰利斯访问埃及时曾用此法测量了金字塔的高度。

［4］滴水兽对应的原文为“gargoyle”，亦被称为“石像鬼”，起初是中世纪哥特式建筑上的半人半兽状雕像，也是引导屋顶水流的滴水嘴；这些怪物雕像通常头有两角、长有蝙蝠的翼和尾，面目十分狰狞，因此又有辟邪之功用。在奇幻世界里，据说巫师会把生命灌入这些雕像，它们会因此变为凶蛮而难缠的怪兽。

昨天会在日落时祈祷
会对疯子顶礼膜拜。但今天只有斗争。

诗人嘀嘀咕咕，在松林里受了惊吓，
蜷缩在纵情欢唱的瀑布里，或伫立在
斜塔旁的峭壁上：
“哦，我的幻象。哦，赐给我水手的好运。”

研究员透过他的仪器，窥视着
非人类的领域，活跃的杆菌
或巨大朱庇特[1]的殒灭：
“但生命就如我友。我要探究。我要探究。”

穷人在他们不生炉火的住处放下了晚报：
“我们的日子过一天少一天。哦，让我们
看到历史的操作员
和组织者，让时间之河焕然一新。”

各个族群汇聚了每一声呼喊，召唤着

[1] 朱庇特(Jupiter)，古罗马的主神，也是木星的名字。这里其实是一个双关的用法，“研究员”观察天文星象意味着科学的崛起，古老神祇因此渐渐“殒灭”。

那个塑造了独特的食欲、安排了
　　隐秘的暗夜恐惧的生命：
“难道你不曾建起海绵的城邦，

不曾复兴鲨鱼与老虎的庞大军事帝国，
不曾创立过知更鸟勇敢的州郡？
　　干涉吧。哦，像鸽子、像狂怒的父亲
或像温和的工程师般降临，但请降临。[1]”

而生命，若它给以答复，会从内心、
从眼睛和肺腑、从城市的商店和广场来回应：
　　“哦，不，我不是倡议者；
今天不是；我不是你想的那样。对你来说，

我是应声虫，是酒吧陪客，是容易受骗的傻子；
我是你做的每件事。我是你立志从善的
　　誓言，是你的幽默故事。
我是你生意上的代言人。我是你的婚姻。

你有何建议？建一座正义之城？我愿意。

---

[1] 富勒先生指出，“鸽子”、“狂怒的父亲”、“温和的工程师”是对“三位一体”的戏仿，分别对应着圣灵、圣父和圣子。

我同意。或是立一份自杀协议，那罗曼蒂克的
　　死亡？很好，我接受，因为
我即是你的选择，你的决定。是的，我是西班牙。”

很多人已听到了这个声音，在遥远的半岛，
在沉寂的平原，在离经叛道的渔夫的海岛，
　　或是在城市堕落的中心，
他们听到了，如海鸥或花种般迁徙而来。

他们如刺果紧贴着长长的特快列车，一路颠簸地
驶过了不公义的土地，驶过了黑夜，驶过了高山
隧道；
　　他们飘洋过海而来；
他们走过了重重关卡。他们前来奉献自己的生命。

那个干燥的方寸之地，那块从炽热的非洲掐下
来的
碎片，被如此粗糙地焊上了追新逐异的欧洲；
　　在那个河网密布的高原上，
我们的思想已具形体；我们的狂热样貌凶险，

明晰而生动。因为那些促使我们对药品广告

和冬季游轮宣传册作出反应的恐惧
　　已然变成了入侵的军队；
而我们的脸庞、建筑的外观、连锁商店和废墟

正投射着它们的贪欲如同行刑队和炸弹。
马德里是心脏。我们的片刻温情
　　如救护车和沙袋般蓬勃发展；
我们数小时的友谊成就了一支人民军队。

明天，也许就是未来。会研究
包装机的耐损度和运转部件；会逐一探索
　　放射线的所有频程；
明天，会以节制饮食和短暂休整来拓宽意识。

明天将重新发现浪漫的爱情，
也要为乌鸦摄影；所有的欢乐都会得到
　　自由的巧妙庇护；
明天将是庆典司仪和音乐家的时刻，

圆屋顶下的合唱美妙而又喧闹；
明天会就猎狗的饲养问题交换心得，
　　突然举起的一只只手臂

会热切地选出领导人。但今天只有斗争。

明天属于年轻人，诗人们会像炸弹般冲动，
湖畔的漫步，数星期的融洽交流；
　　明天会有自行车比赛
在夏日黄昏穿行于郊外。但今天只有斗争。

今天，死亡的几率有预谋地倍增，
在必要的谋杀中清醒接受了罪恶；
　　今天，力量都消耗在了
无趣短命的小册子和令人生厌的会议里。[1]

今天还有暂时的慰藉：分着吸的香烟，
谷仓烛光下的牌戏，走调的音乐会
　　和男人间的玩笑；今天
伤痛前还有笨拙的不尽如人意的拥抱。

---

[1] 乔治·奥威尔首先在发表于 1938 年 12 月的文章《危机时刻的政治思考》里对这一诗节的道德立场提出了质疑，随后在发表于 1940 年的评论集《鲸鱼体内》里影射奥登与极权主义的某种关联。后来的评论者也大多附和奥威尔对奥登的非议。奥登认为奥威尔对他“非常不公平”，在 1963 年 5 月 11 日写给斯彭德的信中，奥登解释说他并不是为极权主义辩护，只是说出了“每一位无法采取绝对的和平主义立场的正派人士”的心声。奥登在二十世纪五十年代以后的各类选集里不再收录该诗，虽然给出的理由是这首诗“不诚实”，但未尝不是因为这首诗卷入了太多纷争。

星辰已死去。动物不会再观看。
只留下我们孤独打发着时日，而时光短促，
　　历史或会对失败者呜呼哀叹，
却既不能救助，也无法宽恕。

1937 年 3 月

# 一九三九年九月一日[1]

我在一间下等酒吧坐着
就在第五十二号街[2]，
心神不定且忧惧，
当狡黠的希望终结了
一个卑劣欺瞒的十年：
愤怒与恐惧的电波
在地球光明和晦暗的
陆地间往来传送，
纠缠着我们的私生活；
死亡那不堪提及的气味
侵扰了这九月之夜。

精确的学识能够
揭示全部的罪愆，
从路德一直到如今
那驱使文化疯狂的肇因，

查明在林茨[3]发生了什么，

何种巨大的心像[4]造就了

一个精神错乱的神祇：

我和公众都知道

学童们熟记的那个道理，

那些为邪恶所害的人

必会以恶相报。

流亡的修昔底德[5]深知，

---

[1] 诗歌标题显示的日子正是纳粹德国人侵波兰的那一天，二战由此拉开帷幕。这首诗最初发表于是年 10 月的《新共和》杂志，1940 年收录于诗集《另一时刻》（*Another Time*）。奥登在给友人的信中提到了创作此诗的灵感来源："战争爆发的那一天，我很偶然地翻开了尼金斯基（Nijinsky）的日记，读到这句——'我想哭泣，但上帝命令我继续写作。他并不希望我无所事事。'"全诗在诗体形式上与叶芝的《一九一六年的复活节》形成了呼应，同样面对重大历史事件做出了回应。虽然这首诗流传甚广，但奥登在二十世纪五十年代以后的诗选里都不再收录该诗，理由类似于《西班牙》。诗人布罗茨基对这首诗推崇备至，1984 年，他在美国哥伦比亚大学艺术学院创作系就现代抒情诗歌所作的演讲中，对这首诗做了精辟入微的评析，演讲稿此后收入了他的散文集《小于一》（完整译文可参见漓江版《布罗茨基诗选》中的《奥登诗〈一九三九年九月一日〉析》）。

[2] 第五十二号街位于纽约第五和第六大道之间，集中了很多爵士酒吧。在布罗茨基看来，奥登在诗歌中似乎也借用了类似爵士乐的不规则节奏。富勒先生指出，奥登光临的那间酒吧是同性恋酒吧。

[3] 林茨是奥地利北部城市，多瑙河上游最大的河港。少年希特勒曾在林茨的里尔中学读书，其时他的偏执思想已经萌芽。

[4] "心像"对应的原文"imago"，为拉丁语，也有译为"意象"、"无意识影像"，用来表示年幼时无意识保留下来的父母亲的理想化形象。奥登自幼熟稔弗洛伊德精神分析学，后来对荣格也产生了持久兴趣。1938 年，荣格出版了《心理学与宗教》，进一步发展了"imago"概念，资料显示奥登确实读过这本书。

[5] 奥登的传记作者汉弗莱 · 卡彭特指出，奥登写作此诗时正在阅读古希腊历史学家修昔底德的《伯罗奔尼撒战争史》。修昔底德参加过伯罗奔尼撒战争，也曾有被放逐的经历，故有"流亡的修昔底德"一说。

关于民主，

语言[1]所能表述的全部，

而独裁者又如何行事，

当他们宣说着陈词滥调

对着一座无知觉的坟窟；

他在书中分析过的一切，

被驱逐的文明教化[2]，

习惯性的痛感[3]，

管理不善和悲苦：

我们都得再受一遍。

身处这中立的空气，

盲目的摩天高楼

利用它们的绝对高度

---

[1] 原文为speech，可作“言语、谈话、演讲、语言”等多义理解。布罗茨基认为这是个双关，他敏感地认定它首先指的是“语言”，然后，才指涉了后文——修昔底德借古希腊政治家和演说家伯里克利之口所发表的那篇著名的墓前演说；甚而也可以作更为宽泛的理解，比如每一位诗人也都是语言的历史学家。

[2] 原文 enlightenment，布罗茨基认定它应是大写字母的“启蒙运动”（事实并非如此），而不单是指“启示、智慧或觉悟”。但这里存在一个时态的悖论，即古希腊的修昔底德不可能去分析后世的启蒙运动。按译者的理解，奥登所指的，应是每个时代由哲人、智者、政治家所开启的“文明的本体”。

[3] 这是个奥登惯用的心理分析术语。

宣告着集体人[1]的力量，
每一种语言都竞相
倾吐徒劳的借口：
但在欣快的梦魇中
谁又能长久地过活；
他们在镜子里瞪视着
帝国主义的嘴脸
和国际间的不公。

紧靠吧台的众人
留恋着他们的寻常一日：
灯火应该永不熄灭，
音乐应该一直演奏，
所有的习俗惯例
合谋要将这座堡垒
装扮成家具陈设；
免得我们看清自身的处境，
在闹鬼的树林里迷失方向，

[1] “集体人”对应的原文为“Collective Man”，出自荣格 1930 年的讲座《心理学与文学》——“作为一个人类，他会有情绪、意愿和个人目标，但作为一个艺术家，他是一个更高意义上的‘人’——他是‘集体人’，是人类无意识心灵生活的一个媒介和模塑。”

害怕夜晚的孩子们
不曾快乐也从未驯良。

空洞之极的好战言辞
由显赫要人们大声说出
并不比我们的愿望更粗鄙：
疯子尼金斯基[1]所写
关于佳吉列夫[2]，
道出了凡俗心灵的实情；
因为每个女人每个男人
骨子里滋生的谬误
渴望着无法拥有之物，
不是普遍的爱
而是单独地被爱。

从保守的黑夜
进入了伦理生活，

[1] 前面已提过，奥登创作此诗的灵感来自于尼金斯基的日记。尼金斯基(1889—1950)是二十世纪最伟大的俄国舞蹈家、编舞者。他骄傲、敏感、自闭，是个完美主义者，也是虔诚的基督徒。1919年，尼金斯基患上精神分裂症，被送入疗养院，从此告别了舞台，弗洛伊德和荣格都对他进行过治疗。
[2] 佳吉列夫(1872—1929)，艺术活动的卓越组织者，在音乐、绘画、戏剧、舞蹈各方面均有相当的造诣。佳吉列夫对尼金斯基多有提携，两人既是合作伙伴也是情人。在他们同居的几年中，佳吉列夫一直给予尼金斯基生活和金钱上的支持，但双方的关系随着尼金斯基的闪婚而宣告破裂。

蜂拥而来的上班族
重复着清晨的誓言；
“我会忠实于妻子，
我会更专注地工作”，
而无助的管理者们醒来
继续着他们的强制性游戏：
现在谁能解救他们，
谁能与聋子交流，
谁又能代替哑巴说话？

我所有的仅是一个声音
要去破解褶皱的谎言，
凡夫俗子的颅脑里
那罗曼蒂克的谎言
以及摩天大楼里
那些当权者的谎言：
所谓的国家实体并不存在
也没有谁可以独自苟活；
饥饿让人无从选择，
无论是平民还是警察；

我们必须相爱要么就死亡[1]。

夜幕之下毫不设防
我们的世界犹在昏迷；
然而，遍布四方的
嘲讽的光点闪现着正义
正彼此交换着讯息：
但愿，同他们一样
由爱和尘土构成、
被同样的否定和绝望
所困扰的我，能呈现
一支肯定的火焰。

1939年9月

[1] 奥登后来将此句改为“我们必须相爱直至死亡”（We must love one another and die)。对这句感兴趣的读者，不妨参照多恩的《成圣》（*The Canonization*）里的这句——“Wee can dye by it，if not live by love”。

# 诗悼叶芝[1]

## I

他消逝于寒冬时节：
溪流封冻，机场迹近荒芜，
积雪模糊了露天雕像的身形；
水银柱沉入了弥留之日的口唇。
我们许可了怎样的仪器[2]
他死去的那天如此阴暗凄冷。

远离了他的疾病，
狼群继续奔行在常绿的森林，
农夫之河不曾受时髦码头的诱引；
悲痛的语言已令
诗人之死与他的诗篇泾渭分明。

但对于他，这是他自己的最后的下午，
一个被护士和谣言包围的下午；
他身体的各省已叛乱，
他意识的广场空空如也，
寂静侵入了郊区，
知觉的脉流已停歇；他汇入了他的景仰者。

此刻，在一百座城市间被传诵，
他全然置身于那些陌生的爱意，
要在另一种树林里找寻他的快乐，
还须领受异域良知法则的惩治。[3]
一个死者的言辞
将在活人的肺腑间被改写。

而在未来的显要与喧嚣中，

---

[1] 奥登和衣修伍德于1939年1月26日抵达纽约，3天后传来了叶芝去世的消息；奥登旋即写下这首挽歌，发表在是年3月8日的《新共和》杂志上；此后奥登对部分词语作了改动，还删除了第三部分第一诗节后的三个小节，修改版本再次在该杂志发表，并收录于诗集《另一时刻》。

[2] 这一句初版时为“O all instruments we have agree”（呵，所有的仪表都同意），穆旦先生翻译此诗时所参照的即是这个初始版本。在现代文库版中，奥登将它修改为“O what instruments we have agree”。

[3] 富勒先生指出，“另一种树林”喻指以纸张为媒介的文化领域，“异域良知法则”指其他国家和地区的评论界。马克·特洛伊安在《哀歌之现代化：试读奥登〈诗悼叶芝〉一诗》中做出了另一种解释，他认为“另一种树林”譬喻了地狱的开端，恰如但丁在地狱之行前发现自己“处在一片黑暗的树林中”，而“异域良知法则”可以理解为亡灵世界的法律。

当经纪人在交易所的场子里如野兽般嘶吼，
当穷人对他们身受的种种苦痛已习以为常，
当每个身在自我牢狱中的人几乎确信他的自由，
数以千计的人仍会想起这个日子
如同会记起某天，当做了稍不寻常的事。
我们许可了怎样的仪器
他死去的那天如此阴暗凄冷。

## II

你像我们一样愚钝[1]；你的天赋挽救了一切：
贵妇人的教区，肉身的衰败，你自己。
疯狂的爱尔兰刺激你沉浸于诗艺。
而今爱尔兰的癫狂和天气依然如故，

[1] 叶芝终生爱慕爱尔兰女演员、独立运动者茅德·冈，后者曾形容叶芝“愚钝”（silly）。另外，在写下此诗的同时，奥登还写了《公众与后期叶芝》（The Public v. the late Mr.William Butler Yeats），文中有这么一句话——“但是，你或许会说，他那时年轻；年轻总意味着罗曼蒂克；年轻时的愚钝恰恰是其迷人之处的组成部分。”很多人以为奥登用上“愚钝”这个词是要与叶芝划清界限了，但奥登仍然认为叶芝是“完美的大师”，并在晚年的诗歌《感恩节》（A Thanksgiving）里说他是“一个帮手”。

因为诗歌不会让任何事发生[1]：它在官吏们
从未打算干预的自造的山谷里得以存续，
从那些与世隔绝的忙碌而忧伤的牧场、
从那些我们信任且将终老于斯的阴冷市镇
一路向南方流淌；它将幸存，
以偶然的方式，在某个入海口。

## III

大地，请接纳一位尊贵的客人：
威廉·叶芝已长眠安枕。
让这个爱尔兰佬躺下
倾献出他的全部诗艺。

在黑夜的梦魇里
全欧洲的狗狂吠不已，
活着的人族等待着，
怀着憎恨彼此相隔；

［1］奥登的这个论断在《公众与后期叶芝》里也有明确的表述："艺术是历史的产物，而不是历史的根源……假如没有一首诗被写出来，没有一幅画被画出来，没有一段音乐被谱出来，人类历史在本质上依然是这副样子。"

智力所受的羞辱
在每个人的表情里透露，
而每一只惊愕的眼睛
都藏含了无尽的悲悯。

跟着，诗人，跟着走
直至暗夜的尽头，
用你无拘无束的声音
让我们相信犹有欢欣；

用诗句的耕耘
将诅咒变成一座葡萄园，
歌唱人类的不成功，
苦中来作乐；

在心灵的荒漠中
让治愈的甘泉开始流涌，
在他岁月的囚笼中
教会自由的人如何称颂。

1939年2月

# 纪念恩斯特·托勒[1]

耀眼而中立的夏天不置一词
不去评判美国，亦不过问一个人死去的方式；
忧伤的朋友，欢欣的仇敌，被他们的影子

追逐着，稍稍站离了那个自负
而勇敢的人的坟墓，
免得他们不经磨难就学会了如何宽恕。

恩斯特，你的亡灵无意中诉说着什么？
很多年前，一个小孩在柴房里看到了
某个可怕东西？又或者，在你头脑里避难的

欧洲受伤过重以致无法康复？
这才过了多久？如燕子在另一个牢房飞进飞出，
那个闪亮的小小渴望一直在讲述

高大而友好的死神所在的外部世界，在那里，
人们没法儿安住，也无处躲藏？是此地
没有像慕尼黑那样的城市？也没了写作的必要？[2]

亲爱的恩斯特，最终无影无迹地
躺在了其他老兵中间，这些人辛苦度日，
直至完成了堪称年轻人榜样的某件事。

我们能活着，仰赖了我们自诩理解的能力：
它们安排了我们的爱；它们控制得如此彻底——
敌人的子弹，疾病，甚或我们的手臂。

它们的明天悬荡在活人的尘世之上
威胁着我们对朋友的所有期望：但存在即信仰：
我们知道为谁哀悼，也知道谁正黯然神伤。

1939 年 5 月

[1] 恩斯特 · 托勒(1893—1939)，德国表现主义剧作家。1936 年，奥登与托勒夫妇在葡萄牙相识，此后奥登为托勒一个剧本中的抒情诗做了英译。托勒虽于 1936 年辗转流亡到了纽约，但他的家人却身陷集中营，外加个人财务也陷入了困境(他曾将所有钱财都捐给了西班牙内战的难民)，终在 1939 年 5 月 22 日悬梁自尽。奥登这首悼诗，后收录于诗集《另一时刻》。

[2] 托勒在大学期间接触了马克思主义思想，之后开始参与巴伐利亚地区的独立社会民主党活动，并在 1918 年参与巴伐利亚苏维埃革命，失败后被捕，从 1919 年到 1924 年囚于慕尼黑狱中。正是在这段狱中生活期间，托勒创作了他一生中最为重要的剧作。另外，1922 年夏季，一对燕子到他的牢房里筑巢，他为此曾创作了一部诗集《燕子集》。

# 伏尔泰在费尔内[1]

此刻近乎快乐，他看着他的庄园。
当他走过，一个流亡的钟表匠抬头瞥看，
接着便继续工作；在即将完工的医院，
木匠向他触帽致意；一个经纪人跑来说
他以前种下的那些树眼下长势很不错。
披雪的阿尔卑斯熠熠闪亮。正值盛夏。他如此伟岸。

在远方的巴黎，他那些仇敌
私下风传他邪恶背德，一个盲眼的老妇人[2]
坐在直背椅里盼着死亡和来信。他会写下“没什么
比生命更美好”。但确乎如此？是的，
反抗谬误与不公正的斗争
总是值得。园艺如此。文明亦如此。

劝诱，责骂，大叫，他们中最为聪慧之士，
他引领其他孩子们投入了一场圣战
对抗着无耻的成年人，而且，如孩子般狡猾
又谦卑，必要时就随机应变，
或是模棱两可的回答，或是十足自保的谎话，
却又如农夫般耐心，等着他们落败失势。

他从未如达朗贝尔般怀疑，确信他会胜出：
只有帕斯卡尔是个伟大的敌手，其余都是
恶毒的卑鄙小人；虽然，有很多要做的事，
且只有他自己可以仰赖凭依。
亲爱的狄德罗太迟钝，但已竭尽全力；
卢梭，他一向了解，号啕大哭后就会屈服。[3]

于是如一个哨兵，他无法入眠。夜晚充斥了

---

[1] 奥登写诗纪念伏尔泰，既有寻回文明本源抵抗纳粹邪恶的寓意，也是他对自己身份与使命的确认。其创作灵感来自 N. L. 托里撰写的《伏尔泰的精神》（*The Spirit of Voltaire*）。此外，他还另写了一篇书评发表在 1939 年 3 月 25 日的《民族》周刊（*The Nation*）上。费尔内庄园是伏尔泰在 66 岁流亡时的居所，位于法瑞边境，于此期间，他与欧洲各国进步人士保持着频繁的通信联系，撰写了大量宣扬启蒙思想的檄文。

[2] “盲眼的老妇人”指的是杜 · 德芳侯爵夫人，启蒙时期非常出名的沙龙女主人。

[3] 奥登在此列举了一系列对法国思想界影响重大的人物。据《伏尔泰的精神》的作者托里所述，达朗贝尔（1717—1783）与伏尔泰在观点上基本一致，但因为接受宫廷职位而相对保守；帕斯卡尔（1623—1662）的问题类似于柏拉图，将个人幻想当成了真理；狄德罗（1713—1784）的唯物主义略显机械单调；卢梭（1712—1778）则成了感伤主义者。

罪恶、动乱与处决。很快，他也将丧命，
而整个欧洲，可怕的保育员们无声伫立
渴望去煎熬他们的孩子。唯有他的诗
或能制止他们：他必须继续工作。头顶
毫无怨言的星辰谱写着明澈的歌。

1939 年 1 月

## 无名的公民

（题献番号为 JS/07/M/378 的人，
此大理石纪念碑由政府所立）

他已被统计部门查实
没惹上任何官方的投诉，
有关他行为的所有报告都同意
就一个过时词语的现代意义来说，他是个圣徒，
因他所做的一切履行了应尽的社会义务。
除了战时，直到他退休的那天，
他一直在工厂工作，不但从没被解雇，
还让福奇汽车公司[1]的老板们很满意。
他不是工贼，他的看法也不古怪出偏，
他所在的工会报告说他缴了会费份钱，
（我们对工会的调查表明，情况属实无误）
而我们的社会心理工作者指出
他在同事中间口碑不错，喜欢小酌一杯。
新闻界确信他每天会买一份报纸
而他对广告的反应也完全正常合理。
他名下的保单证明他投了全额保险，

而他的健康卡表明他住过一次医院，出院时已复原。

厂商调查和“高水准生活”都表明

他充分懂得分期付款的好处便利，

拥有现代人必不可少的每一样东西，

留声机、收音机、汽车和电冰箱。

我们那些公共舆论的研究者也很满意，

认为他跟得上当年形势，抱持着正确的观点；

在和平时期，他支持和平；当战争到来，他从军服役。

他结了婚，生有五个小孩增加了总人口，

我们的优生学家说，这数目对他那代的父母适宜足够。

而我们的教师报告说，他从未对教学工作干预插手。

他自由么？他快乐么？这问题再荒谬不过：[2]

任何事情若是出了错，我们肯定都会听说。

1939 年 3 月

---

[1] “福奇汽车公司”对应的原文为“Fudge Motors Inc.”，“Fudge”是“Ford”（福特汽车）和“Dodge”（道奇汽车）的混合词。

[2] 这是一首主题微妙的讽喻诗，奥登描述的并非具体的个人，正是现代社会“经济人”的典型形象（读者可参考《新年书简》中的相关段落）。

# 法律就像爱[1]

法律，园丁们说，是太阳，
法律是所有园丁一向
服膺遵从的规范
无论明天，昨天，今天。

法律是老年人的智慧，
无能的祖先只会低声责备；
后代子孙伸长舌头做怪脸，
法律是年轻人的感觉器官。

法律，牧师开腔时带着牧师的神气，
向那些非教会人士讲解阐明，
法律是我祈祷书里的文字，
法律是我的讲坛和教堂尖顶。
法律，法官提起时一副不屑表情，
说得清楚分明且非常严厉，

法律，我以前曾告诉过你，
法律，我料想你早已知悉，
法律，且容我再讲上一句，
法律就是法律。

循规蹈矩的学者如此言说：
法律既无对，也无错，
法律只是被地点和时间
所惩罚的罪愆，
法律是人们穿的衣服，
无论何时，无论何处，
法律是早安和晚安。

其他人说，法律是我们的命数；
其他人说，法律是我们的政府；
其他人说，其他人说，
法律不复存在，
法律已经离开。

而怒气冲冲的喧闹的民众，

［1］门德尔松教授指出，这首诗不但是一首爱情诗（当然跟彼时的恋人切斯特有关），也探讨了个人之爱与自然法律之间的关联。

总那么喧闹、那么怒气冲冲，
法律专为我们量身定做，
总针对软弱的傻瓜针对我。

亲爱的，若我们知道
我们并不比他们更了解法律，
对于什么该做、什么不该做
我也并不比你知道得更多，
而除非所有人都同意，
高兴地或痛苦地
对法律的定义达成一致，
除非所有人都认同此理，

认为将法律与其他字词
混为一谈是件荒唐事，
与很多人不同
我不会再说法律是什么，
和他们一样，我们难以抵挡
那妄加猜测的普遍愿望，
也无法摆脱我们的自身立场
进入一种漠不关心的状况。

但我至少可以约束
你我的虚荣自负，
羞怯地说出
一个令人汗颜的相似之处，
我们至少应该骄傲地告白：
我要说法律就像爱。

就像爱，我们不知地点或原由，
就像爱，我们不能强迫或逃走，
就像爱，我们常会为之痛哭，
就像爱，我们很难把它留住。

1939 年 9 月

# 据说这城市有一千万个灵魂[1]

据说这城市有一千万个灵魂，
有人住豪宅公寓，有人住陋室窝棚：
我们却没地方安身，亲爱的，我们却没地方安身。

我们有过祖国，我们曾以为它奉行公义，
查看地图你就会找到它的位置：
我们现在回不去，亲爱的，我们现在回不去。

村里的教堂墓地长着一棵老紫杉，
每年春天它都再次开花吐艳：
旧护照没法儿那样，亲爱的，旧护照没法儿那样。

领事砰砰地敲着桌子，然后宣讲：
“如果你没有护照，从法律上来讲你已死亡。”
但我们还活着，亲爱的，但我们还活着。

去找一个委员会；他们给了我一张椅子，
客气地请我明年再来这里：
但今天我们该去哪里，亲爱的，但今天我们该去哪里？

参加一个公共集会；有个演讲者站起身发言：
“若我们放他们进来，他们会抢走我们的饭碗”；
他在说你和我，亲爱的，他在说你和我。

我想我听到了什么，头顶正雷声隆隆；
“他们必须死”，希特勒的声音响彻欧洲上空；
我们被他惦记着，亲爱的，我们被他惦记着。

但见一只卷毛狗，穿着个马甲用别针绑定，
但见有扇门打开，让一只猫溜进：
可它们不是德国犹太人，亲爱的，可它们不是德国犹太人。

来到了海港伫立在码头，

---

[1] 《谣曲十首》第一首。标题为译者所加。1939年，这首谣曲分别以《谣曲》和《流亡者蓝调》为题发表在《纽约客》、《新写作》，后来伊丽莎白·路亭斯(Elisabeth Lutyens)还为之谱了曲。

看鱼儿游动似乎很自由：
距离只有十英尺，亲爱的，距离只有十英尺。

穿过一片树林，看见鸟儿在树间嬉乐；
它们中没有政治家，自在地唱着歌：
它们不是人类，亲爱的，它们不是人类。

梦里我见到一幢高楼有一千个楼层，
有一千扇窗户，有一千扇门；
没一扇门属于我们，亲爱的，没一扇门属于我们。

在广阔的平原上，在漫天的飞雪中；
一万名士兵来来回回地行进走动：
他们在搜寻你和我，亲爱的，他们在搜寻你和我。

1939 年 3 月

## 平静而幸运的海岸线温暖绵长[1]

平静而幸运的海岸线温暖绵长，
翘首渴盼的白色沙滩无限延伸，
赞赏的光芒充溢了整个
　盛大的白昼，恋人臂弯里的
小小世界如此灿烂。

寂静侵入呼吸吐纳的树林，
昏睡的树枝守护着一件珍宝，
此时经验的浓密绿荫
　落上了安眠中的双眉
令它们隐秘地粲然一笑。

复原！归来！海上遇险的
迷失者终被带回了故乡：
看！感恩的火焰燃烧着
　干燥喑哑的过往，而我们

今生今世再不会分离。

1939 年 10 月

[1] 《谣曲十首》第三首。标题为译者所加。这首谣曲的韵律规则非常奇特，押的是行间半韵，韵脚落在重音音节上。译诗很难还原其风貌，现截取第一诗节示例(有兴趣的读者可以翻看原诗)：

Warm are the still and lucky miles,
White shores of longing stretch away,
A light of recognition fills
　　The whole great day, and bright
The tiny world of lover's arms.

第一行第一个重音音节与第五行最后一个重音音节押韵；第二行最后一个重音音节与第四行第二个重音音节押韵；第二行第一个重音音节与第四行最后一个重音音节押韵；第一行第二个重音音节与第三行最后一个重音音节押韵；第三行第一个重音音节与第四行最后一个重音音节押韵。

# 虽则坚定的自然[1]

虽则坚定的自然
只是让人类的
眼睛选择了去安睡，
但凡有哭泣的机会，
　谁能做到有泪不轻弹？
错误没有随青春而终止
却在人的心里蔓延；
　所有真理，也唯有真理，
包含了控诉者
　模棱两可的谎言。

虽则善意的火焰
会突然造访我们凡人，
生命终了前，会一直替
河面上的天鹅或是
　路过的陌生人担心，

心灵却满怀了嫉妒
恰在它开始赞颂的瞬间；
　为求欢乐，为求幸福，
立即就将我们
　置于了致命险境。

虽则我们无从研判
那些丑恶的奇迹
如何经由一个吻实现，
阿佛洛狄忒[2]的花园
　又如何成了恼人的处所；
正是凭借了这些行迹
恋人们表达着他们的誓言，
　用一个眼神、一声叹息
唤来了某人与他们会面议事
　他的名字叫做“群魔”[3]。

---

[1]《谣曲十首》第八首。标题为译者所加。这首谣曲写于奥登得知切斯特撇开他独自寻欢之后，在经历这个精神炼狱的期间，他写下了这首饱含痛苦的篇章。

[2] 阿佛洛狄忒是古希腊爱与美的女神。

[3] “群魔”对应的原文为“Legion”，本意为“军团”；和合本《圣经·新约·马可福音》第5章第9节译为“群”，指附在人身上的污鬼——“耶稣问他说，你名叫什么？回答说，我名叫群，因为我们多的缘故。”

亲爱的，我们因自身恶行
在彼此的不幸中受苦受难，
看着这伤痕累累的眼睛和
双手便可知晓：我们是如何破坏了
　神圣律令，跟从了魔鬼作恶。
谁还会激情澎湃
当惩罚开始进行？
　哦，我的爱，我的爱，
在火焰与飞雪的夜晚
　请助我摆脱邪恶。

1941年7月

# 我考虑再三[1]

我考虑再三，转念
又在自责中问自己：
我怎敢直视你的眼睛?
我还有什么权利
甚至在凌晨一点
对你发誓说至死钟情?

大地见识了如许罪愆
只因为那些意欲讨好她的谎言；
若我能保证言出必行，
在任何一个钟点
宽恕都会及时重现。
这很荒诞不经。

光阴似箭。不错。
那就饮尽你的杯中酒。

众生如草。[2]确然。
但这世上谁还能探究
这一切带来的结果，
凭了沉重或是轻松的心情？

1942年9月

[1]《谣曲十首》第九首。标题为译者所加。
[2] 此句出自《圣经·旧约·以赛亚书》第40章第6节："凡有血气的尽都如草。"

## 诗悼西格蒙德·弗洛伊德

当我们必须哀痛的情状如此之多，
当悲伤无处不在，我们的脆弱良知
　　和极度苦痛公然曝露在
　整个时代的评说之下，

我们会提起哪一位？只因每天，那些
正为我们行善的人都会在我们中间死去，
　　他们知道这从来不够，但求
　有生之年能有略微的改善。

这位博士亦如此：八十岁时，他仍希望
去思考我们的生活，因为我们的任性
　　那么多貌似合理的崭新未来
　经由威胁或阿谀正强令服从，

但他的愿望已被他否定：他双眼紧闭

无视最后的场面，有些问题对我们来说
　　很稀松平常，比如亲友们齐聚一堂
　会对我们的死亡心生疑虑和嫉妒。

只因到最后一刻，他萦绕于心的仍是
他以前的那些研究，夜晚的动物群落、
　　那些仍在等待进入他
　明亮的认知领域的幽灵们

全都失望地转向了别处，此时在伦敦[1]
他被剥夺了他的终身兴趣，
　　肉身复归了泥土，
　一个杰出的犹太人已在流亡中死去。

惟有仇恨会快乐，眼下正期望扩大
它的门诊业务，而它那些邋遢顾客
　　以为他们经由杀戮就能被治愈，
　正在花园里遍撒着骨灰。

---

[1] 德国吞并奥地利后，弗洛伊德及其家人辗转流亡到英国伦敦，于 1938 年 6 月在曼斯菲尔德花园 20 号(现为弗洛伊德博物馆)住了下来。翌年 9 月 23 日，弗洛伊德因下颚癌在伦敦去世。

他们还活着，而他们身处的这个世界
已被他真实无悔的追忆彻底改变；
　　他所做的一切，只是如老人般
　去回想，且如孩子般言行笃实。

他一点不聪明：他只是吩咐
不幸的“现在”去背诵“过去”
　　如在上一堂诗艺课程，或迟或早，
　当背到很久以前就备受指责的

那一行诗句时，它就会结结巴巴，
且会突然明白自己已被何者宣判，
　　生命曾何其富足、何其愚蠢，
　于是宽宥了生活，变得更谦卑，

得以像一个朋友般去接近“未来”，
无需一衣橱的理由借口，也无需
　　一副品行端正的面具或一个
　过于常见的尴尬姿态。

难怪，在他尚未确定的手法下，[1]
那些骄傲自负的古代文化预见了
　　君主们的堕落，预见了
　无效营利模式的崩溃：

若他已成功，唉，“普遍生命”
会变得不可能，国家的基石
　　会四分五裂，复仇者们的
　合作共谋也会被阻止。

他们当然会吁求上帝，但他走自己的路
如但丁般来到了迷失者中间，他走下
　　臭气熏天的壕沟，在那儿被损害的人们
　过着惨遭遗弃的不堪生活，[2]

他让我们见识了何为罪恶，并非如我们所想
是那些必遭惩罚的行为，而是我们信仰的缺失、

[1] 弗洛伊德开创的精神分析学，从根本上改变了对人类欲望的看法。人们逐渐认识到，人类的行为不仅由性欲支配，社会对人格的塑造、教养对本性的形成也都起到作用。虽然弗洛伊德学说一再受到抨击，但这丝毫无损于他的卓绝贡献。

[2] 奥登将弗洛伊德比作写下《神曲》的但丁，强调两者在探究人性方面所体现的勇气与智慧。诗行中出现的“壕沟”，出现于但丁所经历的地狱，读者可参考《新年书简》第一章里的相关注释。

我们否认时不诚实的语气
以及压迫者的贪欲。

倘若他稍稍露出专制的姿态，
他所质疑的父辈的严苛，就仍会
附着在他的语调与面貌里，
那是一种保护色，

因他已在敌意氛围中生活了那么久：
倘若他常常犯错，有时显得荒唐可笑，
对我们而言，此刻他就不再是
一个个体，而是某种整体舆论倾向，

我们都在它的影响下各自过活：
如同天气，他要么添堵要么有所助益，
傲慢者仍将傲慢，会发现
增加了一些难度，暴君试着应付他，

却没怎么把他放在心上：他悄无声息地
包围了我们所有的成长习性且一路延伸，
直到在最偏远破败的公国里
疲惫不堪的人们凭直觉

预感到了变化，因而备受鼓舞，
直到那不幸的孩子，在他的小小国度里、
　　在某个排拒自由的家庭中、
　在酿着恐惧与忧虑之蜜的蜂巢里

此刻感觉更平静，莫名坚定了逃跑的念头；
而当他们躺在为我们所忽略的草地上，
　　那么多久已忘却的事物
　被他毫不气馁的光芒所揭示，

重又归还给我们，再显其宝贵价值；
那些我们长大后曾以为必须放弃的游戏，
　　我们不敢笑出声时的窃窃私语，
　没人注意时我们扮出的鬼脸。

但他期望于我们的比这更多。欲获得自由
常常意味着忍受孤独。他将整合
　　被我们自己好心的正义感
　弄得支离破碎的不均等的部分，

会恢复智慧，使之愈加广阔，会缩减
意志的控制领域，使之只能运用于

枯燥乏味的争论，他将让
儿子重温母亲的丰沛情感[1]：

而他会让我们铭记在心，我们中的
绝大多数人会彻夜满怀激情，
不仅因为它必须独自呈现的
奇妙见识，也因为它需要

我们的爱。睁大了哀伤的眼睛
它那些讨喜的生灵仰望着，无言地
乞求我们让它们紧随在后：它们是
渴望未来的流亡者，而未来蕴藏于

我们的力量之中，它们也将欣喜异常，
若被允许可以如他那般效力于启蒙，
即便会被我们唤做“犹大”，如他
所曾经历，凡效命于它的人都必得承受。

一个理性的声音已沉默。在他的坟墓之上

---

[1] 这里指弗洛伊德性冲动理论中很重要的一个心理概念——“俄狄浦斯情结”（恋母情结）。

“冲动”的同族[1]哀悼着这个被深爱的人：

厄洛斯[2]，城市的缔造者，是如此悲伤，

而反常[3]的阿佛洛狄忒正在哀泣。

1939 年 11 月

[1] 弗洛伊德从探究个体潜意识和童年经验入手构建了一整套心理分析理论，以揭示人类文明背后一直遭受压抑而未被承认的内在动因，包括象征了本能性冲动集合的力比多。这里，奥登将弗洛伊德据此开创的一系列心理概念作了拟人化处理。

[2] 厄洛斯是古希腊神话中的爱神，苏格拉底和柏拉图用这个词来指称“爱欲”，在弗洛伊德的精神分析学词汇表中，它是生之本能冲动最重要的构成。

[3] “反常”对应的原文“anarchic”，在心理学领域是用来形容由潜意识引发的脱离社会规范的现象，而非社会学意义上的“无政府或混乱的状态”。

## 女士，饮泣在十字路口[1]

女士，饮泣在十字路口，
你会否遇见你的爱人
在晨曦中牵着他的猎狗，
手套上有鹰鹫在扑腾？

且去收买枝头上的小鸟，
让它们装得目瞪口呆，
逼视骄阳退出云天九霄，
如此夜晚或许就会到来。

旅途之夜黯淡无星光，
朔风阴冷又凄惨；
奔跑时恐惧在你身前，
而悔恨跟在你后面。

跑哦，直到你听见

大海的永恒沉吟；

海水太深且又苦涩，

你定要将它一饮而尽，

在最深的海底监牢

耗尽所有的耐心，

在那些搁浅的沉船里

把那柄金钥匙找寻，

赶到世界尽头，付给

可怕的卫兵一个吻作酬劳；

走过深渊上那座

摇摇欲坠的朽坏的桥。

前方有座荒弃的城堡，

去查看，做好准备；

进去，登上大理石楼梯，

打开那扇锁闭的门。

穿过寂静空阔的舞厅，

---

［1］这首谣曲是奥登为哥伦比亚广播公司广播剧《黑谷》中的插曲撰写的歌词，由本杰明·布里顿为之谱曲。

疑虑与危险已消失；
吹掉镜子上盘结的蛛网，
最后看一眼你自己。

探手摸向护壁板后的暗处，
你已尽了一份力量；
找到削笔刀，然后将它插入
你那谬误的心脏。

或于 1940 年 4 月

# 路德[1]

心怀良知，侧耳倾听着雷声，
他看见魔鬼在风中忙碌不已，
它越过钟声奏鸣的尖塔，后又现身
作奸犯科的修女和医生的门里。

何种装置可以避免灾难的发生
或可砍去人类错谬的丛丛荆棘？
肉体是条安静的狗，会反噬其主人，
它的孩子会在世界这潭死水中溺毙。

审判的导火索在他脑袋里嘶嘶作响：
“上帝，将这些阿谀小人熏出他们的巢穴。
所有的著作、伟人和社会都很邪恶，”
他惊恐地叫着：“维系正义当靠信仰。”[2]

而世上的男男女女终此一生都很快乐，

他们从来就不在乎，也从未发抖畏怯。

1940年春

[1] 路德即德国宗教改革家马丁·路德(1483—1546)。
[2] 据说马丁·路德在朝拜耶路撒冷的圣阶时，脑海里忽然闪过此念，遂抛弃了早期的信仰，开始提出宗教改革的一系列创见。

# 蒙田[1]

在他藏书室的窗户外，他可以
看见一片畏惧语法的宜人风景，
在城里，咬文嚼字实属迫不得已，
而在偏远外省，口吃结巴就很要命。

壮汉懒散地闲坐，已累得无暇分心：
于是这个矜持而性冷淡的保守分子
发动了一场革命，还为肉体
提供了武器去击败《圣经》。

当魔鬼驱使理智的人们着魔发狂，
他们却将成人的世纪脱得一丝不挂，
爱定会在俊美孩子的心中再次生长，

怀疑会变成一种定义的方式，
连文学也会和祈祷一样合法，

而怠惰成了一个悔罪的姿势。

1940年

---

[1] 蒙田(1533—1592),法国文艺复兴时期最有影响力的思想家和散文家,他的散文糅合了严肃思考、趣闻轶事和自传性,对后世影响颇大。蒙田是虔诚的天主教徒,担任过政府官职,其后隐居于蒙田堡专心著文。

# 在亨利·詹姆斯墓前[1]

积雪，比大理石更容易妥协，
已将白色防线交给了这些墓穴，
　而我脚下的所有水洼
此时接纳了湛蓝，如此呼应着天空的
浮云，对经过的每只鸟、每个哀悼者
　时刻留意观察。

而墓石，以各自独有的空间命名，
一旦徘徊其间，那些肖像会让所有人
　感到焦虑和不适，
无辜地静默伫立，每一块都标明了地点
在这儿再多的过失也丧失了独特性，
　新奇感已终止。

如此交易符合谁的现实利益，
当沉思的世界被树木所替换？

何种现存的场合
能公平对待缺席者？正午只会考虑自身，
而无言的小小碑石——那个健谈的伟人的
唯一见证者，

对可怕对比的判断不会胜过
我无知的影子或远处的时钟，
钟声质疑且干扰了
内心对时间的即刻解读，对你而言
时间已不再是一个温暖的谜，当我走向你
放弃了个人的欢乐，

当我清醒地立足于我们的太阳系构造，
立足于那台主机——宪兵、银行和阿司匹林
以之为先决条件的地球，
那些笨拙而哀愁的人，那些对美好事物、对大师的

[1] 这首诗最初发表在《地平线》和《党派评论》时有二十八个诗节，1945年编入《诗选》时，奥登将它删减到二十四个诗节，而在1966年的《短诗合集》里，这首诗只剩下十个诗节，也就是目前通行的版本。

老生常谈[1]和玫瑰语带嘲讽的人，
　可能全都安坐其上，

当我站在你长眠的石床旁侧，困扰于
自己那些琐碎低级的疑问，如此热情地
　向你的灵感天使[2]张开臂膀，
而她直奔你而来，以无可抗拒的理由
恳求着，溢美之辞盈满了胸膛，
　是否我不该特别将你颂扬？

何其天真，你俯首听命于那些
只能助长孩童嬉闹的形式规范，
　而你的内心，挑剔如
柔弱的修女，仍忠实于少数贵族阶级，
以你明澈的天赋投其所好，却忽视了

[1] 原文为 common locus，奥登玩了个晦涩的语言游戏：locus 是拉丁语（复数形式为 loci），意义近于英语的 place，但这个词组并非“普通场所”之意，也不是遗传生物学所指的基因“共同位点”，而是指向了这两个词汇的组合词 commonplace；可以联想到的还有另一近似的拉丁语 Loci Communes（英译为 Common Places），这是个神学词汇，意同 commonplace，十六世纪路德教派神学家菲利普·梅兰松曾写过一本同名的著作。
[2] “灵感天使”对应的原文为“Bon”，亨利·詹姆斯在笔记《象牙塔》里用来指称他的灵感守护神。

　忿恨抱怨着的大多数，[1]

他们处心积虑的全部恨意
无法被简化或偷走，尚且逍遥自在：
　那种欲念死亡也无法满足，
要去诋毁风景画名作，要看着
某个人的心脏骤然停止收缩，要让
　高傲者化作微渺尘土。

保护我，大师，抵御它暧昧的蛊惑；
你严谨自律的形象，令我摆脱了
　欣然接受的邪恶
和迷乱漩涡的掌控，以免比例法则[2]
如编辑般耸耸肩，降下她的山间寒流，
　伤及我散漫的即兴诗歌。

一切自有评判。微妙和疑虑的大师，

---

[1] 亨利 · 詹姆斯将小说视为一门精妙的“综合艺术”，将小说创作提升到了精致复杂的高度；他开创了心理分析小说的先河，致力于发掘人物“最幽微、最朦胧”的思想和感觉，因竭力追求形式规范，他的文字有时显得极其冗长、烦琐和晦涩。

[2] “比例法则”既是一个数学定理，也是大陆法系中的一个重要原则（指行政权力的行使除了有法律依据这一前提外，还必须选择对人民侵害最小的方式进行）。奥登借用这个词语清晰表达了自己独立不倚的诗歌创作原则。

请为我、为所有活着或已故的作家祈祷：

　只因很多人，其作品的格调

比他们的生命更高，只因我们职业性的

虚荣永无休止，请代为说项求情

　为所有庸碌俗辈的背信弃义。

或于 1941 年春

## 孤立[1]

每个恋人都会做理论分析，
以此解释有爱相伴的情形
与单身独处在痛苦上的差异：

唉，做梦的时候，爱人的躯体
确实会激发感官，而一旦梦醒，
他自身的拟像就取而代之。

那喀索斯对未知事物表示怀疑；
他无法认同自己的湖中倒影，
只要他自以为孑然独立。

而孩子、瀑布、火焰和顽石
总会做一些调皮捣蛋的事情，
想当然地将宇宙等同于自己。

老年人，譬如普鲁斯特，总是
倾向于把爱情看作主观的赝品；
他们爱得愈深，就愈感孤寂。

无论持何种见解，我们势必
要去揭示恋人们如此期求的原因，
他们为何要创造另一种自我变体：
事实上，或许我们从来都不孤立。

或于 1941 年初

[1] 这是一首维拉内拉体诗(文艺复兴时期相当流行的一种 19 行诗)。维拉内拉体诗格律严谨，限用两个韵，三行诗节的韵脚安排为 aba，最后的四行诗节为 abaa，第一行分别在第六、十二、十八行重复，第三行在第九、十五、十九行重复。不过，奥登在此只遵循了维拉内拉体诗的尾韵格式，并没有叠句。另外，这首诗曾以《你在那里么？》为题出现于 1945 年的《诗选》，后来编入《短诗合集》时才改成了现在的诗题。

## 纵身一跳[1]

危险的感觉并未消失不见：
路程确实很短且又陡峭，
尽管从这里望去很是平缓；
想看就看，但你得纵身一跳。

意志坚强者睡觉时变得感伤
会破坏愚人也能遵守的规章；
不是社会习俗，而是惧意，
有一种即将消失的趋势。

奔走忙碌的老爷车叫人着恼，
满身污垢又不牢靠，还有啤酒
这些每年提供几句妙语隽言；
想笑就笑，但你得纵身一跳。

那些据说应季合时的服饰

既不实用耐穿又不便宜，
只要我们同意浑浑噩噩过日子，
对不见了的那些人再也不提起。

一言难尽，当说起社交能力，
可是，当没有其他人在场时
找乐子甚至比哭鼻子更难做到；
没有人关注，但你得纵身一跳。

在万丈深渊的幽僻一角，
亲爱的，我们躺过的床还在那里：
虽然我爱你，你还得纵身一跳；
我们的安全幻梦不得不消失。

1940 年 12 月

---

[1] 这首诗的押韵格式比较奇特，属于奥登自行设计的一类诗体。全诗由六节四行诗组成，五步抑扬格，仅押两个韵，韵脚格式为 abab bbaa baab abba aabb baba，后三节诗与前三节诗的韵脚形成了镜子般的里外对应关系。译者在诗歌内容和形式之间考量时，不得不进行取舍，没有完全按照这种押韵格式安排文字。

# 生日贺词[1]

（致约翰·雷特格[2]）

约翰尼，因为今天
是二月十二日，此时
邻居们和亲戚们
　会想到来祝福你，
而一个坚定的水瓶座，
欣然接受了一个
犹豫的双鱼座[3]的
　口头祝辞。

七年前，你在
我们舞台上的
成功亮相，温暖过
　你母亲的心；
你已知道，你无法
侥幸摆脱幼稚行为
带来的惩罚，即便

在你这个年龄。

因此我首先祝愿你
有一种戏剧感；唯有
那些热爱且了解幻想的人
才能立万扬名：
否则我们只会在困惑中
虚掷我们的生命，
言行失据，亦不知
我们的真实本性。

现在，你随时会
发出这样的感叹：
“哎，像所有人一样，
我们都在演一出戏。”
约翰尼，你还将经受

---

[1] 诗题“Many Happy Returns”是在道贺生日时说的话，一般翻译为“年年有今日”、“祝君长寿”等，在此考虑到寿星是七岁儿童，且是诗歌标题，译成“生日贺词”。

[2] 约翰·雷特格的父亲詹姆斯·雷特格是密歇根大学安娜堡分校的英语教授，奥登在安娜堡期间结识了雷特格夫妇，彼此成为朋友。此诗是为小约翰的七岁生日而写。

[3] 奥登的生日是2月21日，非常靠近水瓶座的双鱼座。这里的形容词“犹豫”，一方面是因为奥登出生在星座交界时段，另一方面是因为奥登本人对占星学持怀疑态度。

人类独有的诱惑，
恰在你说出这句
　陈词滥调之时。

可以的话，就请牢记，
只有上帝才可以
更换演员或是让他们
　说些更容易的台词；
演出期间，本剧作者
出于关切而有意干涉
他人事务的行为
　不会被允许。

只因我们的骄傲
是一种无休止的罪，
而生日和艺术已被证明
　其合理性，当我们
有意识地装作拥有了
大地或扮演着众神，
我们由此也承认了
　自己只是凡人。

作为一个人类生灵，
约翰尼，你和我们一样，
时不时就会忘记
　自己的原先站位；
因此，让你的生日
成为一个狂欢时刻，
如同农神节或是
　上帝仆从的舞会。

我还要祝愿你什么？
依循旧例，我是否
应该祝愿你漂亮、
　多金又愉快？
或你提到的任何东西？
不会，因为我想起了
一句古老谚语——成功
　才招致最大的失败。

哪个跛足魔鬼，令我们的
头脑和心灵产生分歧，
以至于每当更年轻的一代
　起航扬帆，

那些饱经风霜的年长者
会否认他们的亲身经历，
还祈求神明带来吉祥的
　顺风和平静的海面？

我不会愚蠢至此，
自称拥有特异禀赋
能看清你在未来的
　诸般景象，
不过我仍愿作此猜测：
你不会像你的姐姐一般
觉得生活轻松容易，
　你永远不会那样。

若我这个推断还算准确，
你自会遇到你的麻烦，
既不会（像许多
　美国人那样）
因为俗常的痛苦
而感到羞愧，
也不会承受它们
　如英雄般宽宏大量。

未来不得不拒绝的
所有可能性，
会赋予一个真实人物
　以生命活力和温暖；
心智与魅力的根须
会汲取“悲伤”的秘密泉水，
每个出类拔萃的医生
　都藏匿了一个凶犯。

那么，既然所有的自我认识
都会诱使人类去嫉妒，
或许，经由熟练掌握
　怀特海称之为
“消极摄入”[1]的艺术，
你就可以去爱，无需
去渴求不属于你的
　一切累赘。

[1]“消极摄入”是怀特海(1861—1947)创立的过程哲学的概念之一。他认为文化经由广泛传播对人的意识造成了潜移默化的影响，从人的主体接受角度而言，这个影响过程是一个消极摄入的过程。怀特海的思想跨越了数学、哲学、教育、宗教等诸多领域，他的直觉主义观念曾引发奥登的兴趣。

"道"[1]是一根钢索，
因此要保持你的平衡，
或许你，约翰尼，
　总会想出法子
将智力天赋与感觉兴趣、
将苏格拉底的怀疑
与苏格拉底的灵兆
　结合在一起。

这就是此时此刻
我所能想到的全部，
现在，我应该让
　这些诗句适时而收：
生日快乐，约翰尼，
生活不仅意味着收益，
为寻觅乐趣而旅行，
　跟着你的直觉走。

1942 年 2 月

[1] 奥登写作此诗时，正在阅读英国汉学家阿瑟·韦利翻译的《道德经》，英文版书名标题为《道及其力量》。因此，此处的"道"显然与中国的老庄哲学相关。

## 罗马的衰亡[1]

（致西里尔·康诺利[2]）

浊浪拍击着码头；一处
荒地里，雨水抽打着
一辆废弃的辎车[3]；
山洞里挤满了亡命徒[4]。

晚礼服变得怪诞可笑；
国库官员们追捕着
潜逃途中的欠税者，
经由行省城镇的下水道。

那些秘密的巫术仪式
令神庙妓女昏昏入睡；
而所有的文人，都会
保留一个假想的知己。

性情孤僻的加图们[5]或会

赞颂古代的纪律规范，
可肌肉发达的水兵们哗变
却只是为了食物和薪水。

恺撒的双人床如此温暖
此时一个无足轻重的书记官
在粉色的官方表格上面
写下“我对工作兴趣寡淡”。

没有被赐予财富或怜悯
红腿的小鸟[6]守护着布满
斑点的鸟蛋，定睛俯瞰
每一座流感侵袭的城市。

---

[1] 这首诗最初发表在《地平线》上，诗题有译为《罗马的秋天》，杨周翰先生译为《罗马的倾覆》，从诗歌内文主旨来看，显然后一种译法比较妥当。

[2] 西里尔·康诺利(1903—1974)，英国作家和文学批评家，1940年至1949年期间担任伦敦文学杂志《地平线》的编辑。

[3] 此处的原文“train”不应该是现代意义上的列车，而是古早时期的军事用语，类似于行军打仗时的辎重。

[4] 这里的亡命徒影射了早期基督徒在古罗马帝国受迫害的历史，有学者指出，可能与早期基督教历史上的一个灵异山洞传说有关：相传在公元250年，古罗马帝国残酷迫害基督徒，有七位拒绝放弃信仰的少年将财产全部捐给穷人后，到皮昂山一处洞穴里祷告，结果被当时的罗马皇帝下令密封在洞内；公元450年，人们打开山洞后发现，七人仍在安睡，被唤醒后，七人以为自己只睡了一天。

[5] “加图们”的原文为复数“Catos”，应该是指罗马共和国时期的政治家大加图及其曾孙小加图，当然也可以包括为这个家族的其他成员，他们试图恢复罗马人的淳朴生活。

[6] “红腿的小鸟”这个意象来自刘易斯·卡洛尔的小说《色尔维和布罗诺续集》中的谣曲，奥登曾将它收入《牛津轻体诗选》。

远方某处，大群的驯鹿
正在穿越金色的苔藓地，
它们急行一里又一里，
安静又极其迅速。[1]

1947 年 1 月

[1] 结尾处出现的驯鹿极富象征意味。奥登曾对朋友说，驯鹿迁移是“北方部族的迁移模式”。至此我们可以联想到诗文背后的隐喻：北方部族（尤指日耳曼民族）的入侵或此起彼伏的叛乱，罗马（亦指代广义的西方文明）已岌岌可危。

## 何方竖琴下[1]

一首与时代背道而驰的短诗
（斐陶斐荣誉学会[2]年度诗歌，哈佛，1946 年）

阿瑞斯[3]终于已退场，
绵绵淫雨褪去了灌木丛上
　　的斑斑血迹，
受创的城镇尚在复原中
与夏日的簇簇花丛
　　混杂在了一起。

在学院操场上扎下了营
退役军人们已在受训
　　如一群新兵刚刚入伍；
教师们语带挖苦嘲讽
要带领厌战的年轻人
　　完成那些基础课目。

周遭尽是眼花缭乱的仪器，
为求掌握艺术与科学原理

他们漫步或奔忙，

而促使他们决意杀戮的勇气

已被多恩更为粗粝的诗[4]

折磨得够呛。

教授们从秘密任务中返身

重新投入他们的正经学问，

---

[1] 1946年6月3日，奥登应哈佛大学之邀，在该校的优等生毕业典礼上朗诵了这首专门创作的诗歌。在这首诗中，赫耳墨斯和阿波罗代表了两种精神特质。在奥登看来，这两种精神特质在二战中为对抗共同的敌人而暂时携手结盟，而在战后很快就恢复了原先的对峙。为了捍卫个人的独立精神，奥登呼吁人们（尤其是当时的哈佛青年学子们）尊重个人的主观性，避免被无孔不入的客观性所控制。

[2] 斐陶斐荣誉学会（Phi Beta Kappa）由威廉及玛丽学院创立于1776年12月5日，是全美第一个以希腊文字为名的学会，成员都是成绩优异者。该学会的名称以“philosophia biou kubernetes”这句希腊文里每个字的字首组成，意思是“哲学，生命的指引”。现今全美已有276所大专院校被授权成立了分会。奥登在1943年就受邀到斯沃斯莫尔学院的斐陶斐荣誉学会晚会上作了题为《使命与社会》的演讲，并多次为该团体举办文学讲座，包括有关莎士比亚的系列演讲。此外，1921年5月25日，我国天津北洋大学美籍教授爱乐斯（J. H. Ehlers）亦联络国内各大学发起成立类似组织，后定名为斐陶斐，即希腊字母Phi、Tau、Phi之译音，用以代表哲学、工学、理学（Philosophia, Technologia, Physiologia）三种学术，寓意虽然稍有不同，但中文译名可通用。

[3] 阿瑞斯是宙斯与赫拉的儿子，希腊奥林匹斯十二主神中的战神，象征了力量与权力。他形象俊美，却嗜杀好斗，十分喜欢打仗和战争。

[4] 约翰·多恩（1572—1631），英国著名的玄学派诗人，他的诗歌节奏有力，语言生动，想象奇特而大胆，惯常使用“奇喻”（conceit）。他以及他开创的玄学派在十八、十九世纪遭到冷落，到了二十世纪，现代派诗人叶芝、艾略特等人对之颇多推崇，而在上世纪的1912年，赫伯特·格瑞厄森编辑出版了权威性的《约翰·多恩诗集》，艾略特特意为该诗集写了著名的评论《玄学诗人》，一时间多恩诗名大彰。奥登惯常使用的机智讽喻手法，自也受到多恩的不小影响，从他那里汲取了不少养分。俄罗斯诗人布罗茨基在谈到奥登时就曾说过，奥登是玄学派的亲骨肉。事实上，若仔细比较两人的作品，甚至可以说多恩是奥登创作中的一个秘密源泉。布罗茨基自己也为多恩写下了名篇《挽约翰·多恩》，为此曾受到奥登激赏：他们三人之间，似乎形成了一道跨越时空阻隔的风格连线。

却感到有些惋惜；
他们常爱摆弄轻便录音机，
还碰见过若干大人物，因此
时时会让你们牢记。

但宙斯神秘莫测的律令
容许了意见分歧的热情
到处蔓延，
规定了歌舞杂要必须说教
而毕业典礼上的演讲也要
变成一场争辩。

让阿瑞斯打会盹，在那些一直
信奉早熟的赫耳墨斯[1]的人士
和那些不加疑虑地
服从自负的阿波罗[2]的人们
之间，又一场战争
马上要宣布开始。

---

[1] 赫耳墨斯是宙斯与女神迈亚所生的儿子，在奥林匹斯山担任宙斯和诸神的使者，还是畜牧、行路者和窃贼的守护神。在这首诗里，赫耳墨斯代表着主观性、才思敏捷和富有创造性的一方。

[2] 阿波罗是宙斯与黑暗女神勒托的儿子，他是音乐家、诗人和射手的保护神，亦是光明之神、真理之神和预言之神。在这首诗里，阿波罗代表着客观性、官方立场和追求欲望满足的贪婪本能。

野蛮一如所有的奥林匹克竞技，
即便微笑着且冠以基督徒的名义
　　来对抗，还少了些戏剧性，
这世俗神祇间的矛盾倾轧
同样的卑劣无耻，而且更加
　　狂热盲信。

天神们最高兴去做的事
就是中土[1]世界的生与死；
　　所有年龄段和
体质类型的人，永远都被
他们古老的抵触心理所支配，
　　那些自以为是者

面对着未来最为隐秘的暗示，
要么呵呵傻笑，要么深度斜视，
　　人壮实得像柯尔蒂斯[2]，
还有如我一般脸色煞白的人，
当我们扯起破烂的帆篷

[1] “中土”对应的原文为“middle earth”，意指梦幻般的乐土。
[2] 柯尔蒂斯是十六世纪的西班牙征服者，他击败了阿兹特克人，侵占了墨西哥。

年近发福的四十。

赫耳墨斯的后代喜欢玩乐，
只有逢到别人严词苛责
才会尽力尽心；
阿波罗的孩子们从不畏惧
无趣的活计，但不得不去
考虑工作的重要性。

两者互为对立面，
我们之间要达成妥协完全
没有可能；
彼此或会尊重但与友谊了无关涉：
小丑福斯塔夫永远会与装腔作势的
哈尔王子对峙抗衡。[1]

若能把自我丢在脑后，
阿波罗就乐于接受

---

[1] 福斯塔夫是莎翁戏剧《亨利四世》中的喜剧人物，是一个肥胖、机智、乐观和爱吹牛的没落骑士。他贪杯好酒，纵情声色，虽是军人却缺少骑士的荣誉观念和勇气。哈尔王子即未来的亨利五世，他同福斯塔夫一开始交往甚深，后来断绝了联系。

王位、权杖[1]和猎鹰；
他很喜欢统治，一仍旧贯；
这尘世很快会变成巴尔干[2]，
倘若让赫耳墨斯付之于行。

妒忌着我们的梦之神祇[3]，
他的常识暗中施展诡计
意欲操纵人心；
没有能力发明竖琴[4]，
就用模拟出来的热情
创造官方艺术品。

当他到某个学院去任职，
有用的知识就替换了真理；
在他所教的课程里，
他对商业思想、公共关系、

---

[1] “权杖”对应的原文是“fasces”，又译为“束棒”，是古罗马时代执政官出巡时所执的仪仗，一捆扎起的棍棒中间夹着一柄刃口向前的斧头，象征着权力。这个图腾后来成为意大利法西斯党的标志，而法西斯一词也从这个词衍生而来。

[2] 巴尔干位于欧亚两洲的接壤处，这里民族成分复杂，宗教多样，自古以来就是各大国觊觎的对象，百年来更是战争频发。

[3] 赫耳墨斯拥有使人入睡、做梦的魔力，因此也常被认为是梦之神。

[4] 竖琴(lyre)是古希腊的里拉琴，又名七弦竖琴。相传赫耳墨斯将神牛的肠胃在龟壳上抻开制成了竖琴，他将琴赠给了阿波罗，阿波罗又把琴赠给了他的儿子奥尔甫斯。

卫生学和体育都会予以
　　特别的注意。

活跃、外向、性情粗蛮，
对他来说，一个人单干
　　很让人讨厌，
目的地是一个拥挤的乐土：
他的盾牌就带有这个图符：
　　健康的头脑心怀邪念[1]。

我们必须承认，到今天
他的分支机构已左右逢源，
　　从耶鲁到普林斯顿
每个地方都飘扬着他的旗帜，
从百老汇到书评，到处都是
　　他的重大新闻。

他的电台整天如荷马般絮叨，

[1] 这行诗对应的原文为“Mens sana Qui mal y pense”，由拉丁文和古法语的两条谚语组合而成。拉丁文“mens sana”，意为健康的心灵或头脑，出自“健康的心灵寓于健康的身体”(Mens sana in corpore sano)这条谚语；法语“Qui mal y pense”意为心怀邪念者，出自谚语“心怀邪念者必蒙羞耻”(Honi soit Qui mal y pense)。

播放着过于惠特曼化的歌谣
　　却完全不合韵律，[1]
从开篇到结尾形容词乱蹦，
吹捧着甜甜圈[2]，对普通人
　　也不吝赞誉。

他的抒情诗也都是平庸玩意，
咏叹着体育、春天、爱的婚礼、
　　狗犬或抹布，
它们由某个法院诗人杜撰
专用于冗长的朗诵，以便
　　实施拖延战术。

那些颁奖演说、那些改编自
民谣的赋格变奏曲也可以
　　往上追溯到他，
当营养学家们不惜亏本
卖出一杯李子汁或一份
　　美味的药草色拉。

---

[1] 在英文原文中，奥登将荷马和惠特曼两个诗人的人名动词化，讽喻了那些拙劣模仿者。
[2] 即炸面包圈。

效法于他，将绝妙的性与某种
不属任何宗派的宗教内容
　　混合搅拌，
女学生的无数小说作品
倾泻到我们毫无防备的头顶
　　直令我们的牙齿打颤。

在我们的战线后面，他的
存在主义拥趸们身上穿着
　　冒牌的赫耳墨斯式制服[1]
接连不停地成群空降，
他们宣称自己已彻底绝望，
　　但写作不会止步。

没关系；他必须受到挑战；
纯洁的阿佛洛狄忒站在我们这边：
　　即便他威胁要整治我们，
已变得愈加凶险，又有什么关系？
宙斯也会乐意，而要将他打败还是

[1] “赫耳墨斯式制服”对应的原文为“Hermetic uniforms”，鉴于“Hermetic”的首字母大写，我们可以将之理解为“赫耳墨斯”（Hermes）的形容词化。

　　得靠我们这些无心政治的人。

孤单的学者们趴到墙上
躲在学术期刊里放着冷枪，
　　我们的事实负责后防，
我们的智力如海军陆战队员
纷纷在小杂志登陆靠岸，
　　已掌握了潮流走向。

夜间，我们的学生地下组织
在鸡尾酒会上贴着耳朵根子
　　相互传话，
公众眼里的肥佬们翌日早晨
就会精神崩溃，被机智的嘲讽
　　伏击敲打。

我们的斗志决定了我们的力量，
如此，我们或会目睹这般景象：
　　阿波罗的败军如同浓雾
终会渐渐地消散殒灭，
请谨守这**赫耳墨斯十诫**，
　　它将如下所述：——

汝不应取悦逢迎系主任，
不应去写你的博士论文
　　研讨什么教育问题，
汝不应崇拜种种计划项目，
汝或汝等也不应向政府
　　卑躬又屈膝。

汝不应去做调查问卷
或是时事知识小测验，
　　亦不应乖乖顺从
接受任何考试；汝不应
与统计学家为伍，亦不应
　　对社会科学热衷。

汝不应与广告行业的伙计
好言好语、礼貌客气，
　　亦不应与此等人物攀谈
若他们读《圣经》只为欣赏它的行文，
尤为重要的是，不应与有洁癖的人
　　造爱求欢。

汝不应掂量着荷包厚度来过日子，

亦不应将开水和生菜当作主食，

　　若必须在诸多可能性中挑选，

就选那与众不同的生活方式；

读读《纽约客》，信赖上帝，

　　万事且先顾好眼前。

1946年

## 晚间漫步

一个晴朗无云的夜晚
如今夜，可让灵魂飞升：
当困乏的一天过去，
钟表的奇观令人赞叹，
别有一种稍嫌沉闷
的十八世纪的意趣。

这足以让青春期大感宽慰
当遭逢如此无耻的瞪视；
我做过的事情，应该不会
如他们所言那么令人心惧，
若那儿的情形依旧如此，
定有人受了惊吓已死去。

眼下还没准备迎接死亡，
却已经到了一个阶段

开始对年轻人感到愤怒，
我很高兴空中那点点辉光[1]
同样也可以归类于
中年期的产物。

惬意地联翩浮想，
把夜晚当作了一间养老院
而非安放完美机器的棚子，
前寒武纪[2]的红色光芒
如罗马帝国或十七岁那年
的我，已黯然消逝。

但不管我们多么喜爱
古典作家们克己寡欲
的写作方式，
人只有年轻又富裕，
才会有胆量或底气

[1] “点点辉光”指天穹视野中的星辰。
[2] 前寒武纪也称“前古生代”，地球古生代第一个纪——寒武纪（距今约六亿年）——之前的地质时代。那时火山活动强烈而频繁，天空呈现红色。

去做出悲天悯人[1]的姿态。

因为“现在”如“过去”一般
已远走他方，当遭遇不公
的人们因呜咽却无人理睬，
真理绝不会再被遮蔽；
有些人选择了他们的苦痛，
没必要发生的事已成事实。

恰在今晚，一切已然显明，
并不依据什么成规旧例，
某个事件或许已经掷出了
第一个小小的“否定”，
正质疑我们接手管理
后洪荒世界的法律权利：

而头顶熠熠燃烧的群星
对于最终结局一无所知，

[1] “悲天悯人”对应的原文“lacrimae rerum”为拉丁文，意为“悲悯万物之泪”或“感怀生命之泪”，典出古罗马诗人维吉尔的《埃涅阿斯纪》第一部第462行，史诗中埃涅阿斯凝视着在古迦太基寺庙发现的一幅描绘特洛伊战争的壁画，因感念战争的徒劳和生命的无常而流下了眼泪。后人多将埃涅阿斯流泪这个举动理解为对世间苦难和脆弱生命的悲悯。

当我走回家正待就寝，

不由自问何种裁决判定

正等着我个人、我的朋友以及

这些联合起来的州郡[1]。

1948年8月

[1] “联合起来的州郡”指美国各联邦州，而非直指“美国”，因为前面有“these”作为冠词。

# 石灰岩颂[1]

对于不专情的我们，如若它构成了
　常常引发我们思乡的一种风景，
多半因为它溶解于水。留意这些圆形山坡，
　岩面上散逸着百里香的气息，底下，
一个洞窟和水道的隐秘系统：到处都能听闻泉水
　欢快地喷涌而出，
每一支都注入了僻静鱼塘，一路冲刷出
　小小溪谷，而它的峭壁招引了
蝴蝶和蜥蜴：巡视这片近距离
　且方位明确的区域：
它更像是一位母亲，至于她的儿子
　有一个更为恰当的背景，阳光下
斜倚在石岩上的浪荡儿，有那么多缺点，
　却从不怀疑自己仍受宠爱；他的工作
只是尽情施展他的魅力？[2]从风化的裸露岩石
　到山顶的教堂，从地表显露的水流

到引人注目的喷泉，从荒野到布局规整的葡萄园，
　一个步履灵巧的孩子几步就能走完，
当他希望比他的兄弟们吸引更多注意，
　不管是经由讨好还是逗笑。

瞧，争强好胜的一群人在陡直的铺石巷爬上走下，
　三三两两，有时臂膀挽着臂膀，
但是，感谢上帝，步调从不一致；要么是
　正午时约好了在广场的荫凉处
口若悬河地闲聊，只因彼此太过熟识，
　实在想不出还有什么重要秘密，
既无法理解某位神祇的火爆脾气乃合乎道义，

---

[1] 1948年上半年，奥登首次在意大利伊斯基亚岛度夏，他写给好友伊丽莎白·梅耶的信里提到过这首诗的主题："之前我并不知道意大利和我的故乡——奔宁山脉的相像。事实上我开始动笔写一首新诗，《石灰岩颂》。它的主题是，只有岩石创造了真实的人类风景。"在他看来，生活在石灰岩地貌的人们能够自给自足，与自然和谐交融，懂得适度的生存之道，而一望无际的平原和连绵不绝的高山催生了人类的贪欲。这构成了他赞美石灰岩地貌的主要动因。值得注意的是，1971年，奥登在一次讲座中再次提到该诗："这儿的石灰岩地貌对我来说很有价值，它连接了两种截然不同的文化，一种是我成长于其中的北方新教徒的罪感文化，另一种是我如今才体验到的地中海国家的耻感文化。"这两种文化的对比在诗中以"we"（我们）和"they"（他们）的二元结构形式颇有张力地并存着（尤其在对上帝的态度上），对我们理解该诗的主题大有裨益。另外，正如奥登的传记作家汉弗莱·卡彭特所指出的，这首诗有奥登诗歌此前少有的轻松语调，而这个调子，之后得到了延续和发展。

[2] 在诗集《午后经》（*Nones*，1951）收录的《石灰岩颂》里，"这个浪荡儿"（the flirtatious male）对应的原文为"这个裸身的年轻人"（the nude young male），既是一种性暗示（有学者认为，这位年轻人指的是陪伴奥登在意大利度夏的切斯特·卡尔曼），也是对意大利文艺复兴时期艺术作品里的裸身男子的隐射。

　也不会为一行精巧诗句或一支好听曲子
就安静下来：只因习惯了发出回声的石头，
　当面对一座怒不可遏的炽热火山口，
他们从来不必害怕地掩住面孔：
　适应了山谷地带的本地需求，
此地的每样事物靠步行就可以去触碰
　或去了解，他们的眼睛从未越过
游牧民的栅栏格子去探究无限的空间：
　天生幸运，他们的双腿从未碰到丛林的
菌类和毒虫(这些丑怪的生命，我们自以为
　与它们毫无共同之处)。
于是，当他们中某个人开始堕落，其心智作用的方式
　总是不难理解：会变成个皮条客，
会售卖假首饰，为博得满堂喝彩的效果会糟蹋掉
　一副男高音的好嗓子，这会在所有人身上发生：
除了我们当中的圣人与恶徒……
　　　　　　　　　　这就是为何，我猜想，
　此地的圣人和恶徒从来待不长久，只会寻找
放纵无度的温床，在这儿，美不是那么浅表，
　灯火会稀疏一些，而生活的意义
不仅等同于一次狂欢野营。“来吧！”
　　　　　　　　　　　　花岗石荒野叫道：

“你的幽默多么隐晦，你善意的吻多么意外，
而死亡是如此永恒。”（未来的圣人们叹息着，
已悄悄溜走。）“来吧！”黏土和砾石愉快地叫唤：
“我们的平原有足够空间可让军队操练；河流
等着被驯服，而奴隶们会用最气派的样式
为你造起一座坟茔：人类与大地一样温和，而两者
都需要被改造。”（执政官恺撒起身走开，
砰的一声关上了门。）但真正的冒失鬼，会被一个
古老又阴冷的声音吸引——那来自海洋的低语：
“我就是孤独，我不会要求什么，也不作任何许诺；
如此我会让你获得自由。世上本没有爱；
惟有各色各样的嫉妒，无一例外地可悲。”

它们是对的，我亲爱的，这些声音说得没错，
眼下仍是如此；这片土地，不像它看上去那般美妙宜居，
它的安宁也不似一处平静的历史遗址，
有些东西已就此尘埃落定：一处落伍、残败的
外省乡间，通过一条隧道联结了
宏大而喧腾的世界，带有某种不体面的
吁求，它现在还是这副模样？也不尽然：
它已肩负起它未敢忽略的一个世俗性责任，

不顾及它自己，反而操心起

所有大国操心的问题；这妨碍了我们的权利。

诗人[1]，

称太阳为太阳，称他的思想为谜题，

因诚挚的品性而广受称颂，却被这些大理石像

搅扰得心神不安，正是它们，那么明显地

质疑了他的反神话的神话；还有这些流浪儿，

在铺石柱廊里追缠着科学家，

如此热情地开出价码[2]，指责他对自然界

最遥远方位的关切：而我也被责备，原因和程度

恰如你们所知。不要耽误时间，不要被捉住，

不要被人甩到后面，请不要！要效仿

喃喃自语的野兽或行为可被预知的某样东西

如水流或石头，这些才是我们的

日常祈祷词，它们提供的最大抚慰

---

[1] 诗人指的是美国诗人华莱士·史蒂文斯(Wallace Stevens)。奥登在1947年7月10日写给厄休拉·尼布尔(Ursula Niebuhr)的信中附有一首关于华莱士·史蒂文斯的诗稿，写有“Calling the sun, the sun, /His mind ‘Puzzle’”，而这两行诗又跟华莱士·史蒂文斯的组诗《它必须是抽象的》(It Must be Abstract)中的“The sun/Must bear no name, gold flourisher, but be/In the difficulty of what it is to be”形成了互文。

[2] 奥登的文学遗产受托人门德尔松教授指出，这里的“开出价码”是一种隐晦的性暗示，奥登研究专家富勒先生也认同此观点，并提到一则轶事：奥登之前在那不勒斯街头行走时，就被一群流浪儿追逐过。

即是随处可以奏响的音乐，眼目看不到，
也无法嗅闻。我们预期死亡是一个客观事实，
就此而言，无疑我们是对的：然而，
倘若恶行可被宽恕，倘若躯体可以死而复生，
倘若事物的这些变形只为了取乐，
可以化身为不谙世故的运动员和姿态万千的
泉水[1]，即可进一步地申明：
有福的人不会在意自己如何被人品评，
没有什么要去隐瞒。亲爱的，我对此也一无所知，
但是，当我试着想象一种完美无瑕的爱
或此后的人生，我所听到的是地下溪流的
潺潺声，我所看见的是一片石灰岩风景。

1948 年 5 月

[1] 石灰岩雕铸的人像和喷泉在此象征了俗世的肉身，而诗歌尾声部分已从客观的死亡写到永生的承诺——基督教的宽恕与复活。

# 伊斯基亚岛[1]

（致布莱恩·霍华德[2]）

曾有个时代承认刀剑的决定性力量，
无数号角齐齐向征服者致敬，
　　猎猎作响的旗帜下，坐骑上的他
　面无表情，披着斗篷，身形伟岸。

心灵的改变亦能引发歌声，
譬如他自十字军的港口返回，
　　就永久性地改变了
　我们的好斗习性，第一个

将所有赤贫者视作我们的同胞。于是，
任何时候都适宜去赞颂明耀的大地，
　　无论我们选择承担责任，还是去做
　某件可怕的事，我们都同等珍视。

人总是最看重他的出生地；

那绿色山谷，夏夜蘑菇正长肥，
　　银柳会模仿溪流的弯度，
　可今天一想起它

我却并不怎么高兴：此刻，被阳光普照的
帕尔瑟诺佩亚所感动[3]，我要感谢你，
　　伊斯基亚岛，岛上的清风
　为我带来了来自城市污染源的

亲爱的朋友们。你很好地修正了我们
受损的视力，又如此温和地训导我们
　　在你恒常不变的光线下
　去正确地观察事物与人类。

---

[1] 伊斯基亚岛是意大利那不勒斯北部伊特鲁里亚海中的火山岛。1948年，奥登第一次在意大利度夏，就选择在该岛租住一所带花园的大房子。此后每年夏天，奥登都去该岛度夏，直到1957年在奥地利购置了乡间小舍后，才改变了度夏地点。

[2] 布莱恩·霍华德(1905—1958)，英国诗人。1948年，奥登在伊斯基亚岛度夏期间，他亦陪伴了一段时间。彼时，霍华德奚落奥登视觉感官能力匮乏，奥登于是创作《伊斯基亚岛》作为回应，有意识地描写岛上的风土人情。不过，奥登事后又承认霍华德的质疑是对的，并自圆其说："身为诗人，最重要的课程之一就是认识并接受自己的局限，如若可能的话，要把这些局限化为优势。"

[3] 根据希腊神话记载，帕尔瑟诺佩亚(Parthenopea)原是塞壬女妖之一，因为歌声未能打动航行经过的奥德修斯而投海自尽，尸体最终被海浪冲到那不勒斯的一处海湾。从此，这座海湾就被称为帕尔瑟诺佩亚，而那不勒斯人一直很尊重古希腊文化，直到现在都自称为帕尔瑟诺佩亚人(Parthenopeans)。

脚踏实地的工程师绘出了宏伟蓝图，
但运气，如你所言，才更有效。
　　座座渔港依偎着丰美的埃波梅奥峰[1]，
　守住了山脚边缘的固定褶线，

何种设计令如此柔和的黄色、粉色和绿色
冲刷着这些港湾？沸腾的泉水
　　泄露了她的隐秘狂热，
　令痛风的僵硬关节变得灵活

还能改善性生活；你周边的宁静
无论如何是一种疗救，因为
　　不再去想如何出人头地，
　我们学会了单纯的闲逛

而蜿蜒小路随时展现一片远景
提供某个确定目标；往东看，
　　维苏威火山如一块巨大的布丁
　或许就突然现身，耸起在日光和煦的

［1］埃波梅奥峰是伊斯基亚岛的最高峰。

明亮海湾的那头，围绕着南面某处，
岩面陡峭的卡普里岛[1]
　　独自守护着享乐的异教，
　一个善妒、有时残忍的神祇。

在某个凉爽或有树荫遮蔽的地方，
你也总是让我们找个理由坐下；当品尝着
　　蜜蜂从开花的栗树采来的
　咖啡色蜂蜜或是体态匀称的

黑发男子从阿拉贡葡萄蒸馏出的
琥珀色美酒，我们就会相信
　　我们乐于接受这样的生活，
　正如你的圣人接受了火山爆发的巨响。

并不是说你编造了关于痛苦的谎话，
或自诩黑暗与惊叫的时刻不会卷土重来；
　　站在你的码头上，快乐的异乡客
　会想起一切远非那么美好，

[1] 根据希腊神话记载，卡普里岛是塞壬女妖的岛屿。

有时一头驴子会突然发出窒息般的哀号
抗议当下的处境，有时它的主人
会为某处叫布鲁克林[1]的地方叹息，
那里，衬衫是丝绸的，裤子是新的，

远离了圣雷斯蒂图塔[2]过于警觉的目光，
她每年的惠顾，据他们说，乃是由鲜血换来。
这位神圣而令人敬畏的女士，
我们希望她并不真实；可是，既然天底下

没有免费的午餐，欠你的每笔账都必得偿付，
于是在每个人的有生之年，充满异国奇景的
这些时日，或会像冲积平原里
那些大理石路标一样醒目。

1948 年 6 月

---

[1] 布鲁克林位于美国纽约的西南部，与曼哈顿一河之隔，一向是文学重镇。1940 年 10 月，奥登搬入布鲁克林高地米达街 7 号的大宅子，而紧接其后，作家卡森 · 麦卡勒斯、作曲家本杰明 · 布里顿、音乐家兼作家保罗 · 鲍尔斯、艺术家奥利弗 · 史密斯等人相继入住，使得这所宅子成为名副其实的艺术家之屋。

[2] 圣雷斯蒂图塔是公元三世纪北非的女圣徒和殉道者，或出生于迦太基（今突尼斯一带），对她的崇拜随同天主教信仰从北非传入；其遗体据说于五世纪时被带到了那不勒斯。那不勒斯人相信，她是伊斯基亚岛上的阿梅诺湖的守护神，当地每年 5 月 16 日至 18 日会为她举行为期三天的纪念活动。

## 岛上墓地

这个栽种着伞松的墓地
位势上比葡萄园低，
即便新到的客人还在拥入，
也定会保持它恒常的尺度。

人多地少，颇受限制，
死者交出的骨殖
恰如农田里的种子，
也必须要小心培植。

死去之人，十八个月后
才会成形为一具骷髅，
经过清洗，盘拢，会被塞进
墓地墙上挖出的一个小壁龛。

好奇心令我止步，

当教堂司事翻掘着庄稼；
诗人们觉得这不太正常：
亚历山大们[1]竟是这样的下场。

无论我们的一众名人去往何处
（说实话，我们确实也不清楚），
他们留下的可靠实体
倒并非我们人类的羞耻。

哀悼者会想念某个面容，的确如此，
但他们对以下事实毫无知觉：
鱼一般的欲念、哺乳动物的发情期
提示了我们肉胎凡躯的粗粝本质。

人们会感到羞耻，只因
默认了一种形同木石的耐心，
我们心里这隐晦之物
任何时候都能这么安稳顺服？

考虑到我们动机的性质，

---

[1] “亚历山大”狭义上指古希腊马其顿王国的亚历山大三世（即亚历山大大帝），此处指代了人类社会中执掌无限权力、貌似能决定历史的人。

我们应该感谢我们的好运气：
爱一骑绝尘必会抵达它的终点，
一座孤峰并不需要什么友伴。

或于 1956 年

## 山脉[1]

（致海德薇·佩佐尔德[2]）

我认识一个退休牙医[3]他只画山脉，
　大师们对此题材很少会这么上心，
他们在画圣徒头像或某个凶险大人物时
　才会将它们补入远景；
而在常人眼中它们如同介于善恶之间的一堵墙，
譬如法国这边的一个孩子挨了骂，就会希望
自己正在阿尔卑斯山的意大利一侧号啕大哭：
　当崇山峻岭让地图变得黑乎乎一片，
　　恺撒不会高兴，女士们
　也是这样。为何会如此？一个严肃的人
　　迫切需要一个缺口。

真是奇怪，在地势陡峭处你常会碰到
　某类家伙，矮小，皱着眉，
会用手杖不停打去雏菊的花冠：
　小混混们在大城市里如鱼得水，

可悬崖上的城堡——请记住德拉库拉[4]——
才是驯养魔鬼的合宜地点。那些不苟言笑的人
带着神秘装备于黎明时出发，成群结伙
　　要登临高处，看着着实有些吓人；
　　　他们有平衡能力，有胆量，
　也有属灵的习性，可他们的修道会侍奉了
　　什么样的上帝？

　文明人即公民。那么
　　我在湖区[5]，会想看到另一个
　资产阶级的发明，比如钢琴？
　　哦，我不会。怎么可以？
　当你将在彭里斯、苏黎世或随便哪个
枢纽站点从快车转乘慢车，列车很快就要转弯
拐进一处路堑，此刻我只希望站在月台上。

---

[1] 《田园组诗》第三首。
[2] 海德薇·佩佐尔德是奥地利诗人阿尔冯·佩佐尔德（1882—1923）的遗孀，两人婚后曾在基茨比厄尔开了一家书店，交往的友人包括了里尔克、霍夫曼斯塔尔、霍普特曼，还有黑塞；丈夫去世后，海德薇开始收留寄宿客人，奥登和父亲曾在1925年住过；此后还数次过访住下，与她一直保持了通信联络。
[3] 门德尔松教授指出，这位退休牙医指的是切斯特·卡尔曼的父亲。
[4] 即德拉库拉伯爵（Dracula）。爱尔兰作家布拉姆·斯托克以十五世纪时瓦拉几亚（罗马尼亚南部一公国）的领主弗拉德三世为原型，于1897年出版了吸血鬼题材的哥特式恐怖小说；此后，小说中的“德拉库拉”成为吸血鬼的代名词。
[5] 即英格兰湖区（Lake District），位于英格兰西北海岸，靠近苏格兰边界，方圆两千三百平方公里，1951年被划归为国家公园。

很快就穿越隧道，红色的农庄退后不见，
树篱换作了石墙，
奶牛变成了绵羊，你闻到了泥炭或松木的味儿，
你第一次听到了瀑布声，

而看似巨墙的山体最终呈现出
一个自我度量的世界和
一种散漫风格。为实施控制，
冰与石的天使们
憎恶任何形式的生长，也不鼓励
遮遮掩掩的尝试，它们的日夜监视令肉体变得
如此平庸：在这里，路边的耶稣受难像
见证了施于人身的暴行，
而小夜曲只忠于基本事实：
“哦，我的女孩得了甲状腺肿胀，
我的鞋底有个破洞！”

阴郁。但仍是个绝佳避难所。那牧羊童
有个祖传的圆脑壳，之前他的家族
因畏惧武力更强大的敌人逃来此地，
还有个安静的老先生

在黑鹰[1]有一间廉价寓所，过去他名下
拥有三份报纸，但现在已经不被社会接纳：
而这些农庄总会看到某个气喘吁吁的内阁大员光临；
我自认是个北欧人，
但即便如此
我也更愿意躲开邻居的纠缠
隔开几座山头自个儿待着。

终于可以独坐静处，如一只猫儿
待在阁楼的温暖屋顶上，
山中冰湖的某条支流欢快地直冲而下
流经了一片青翠农田，
花朵点缀其间，绚丽如一首中国诗，
此时，近在身侧，一个真实的爱人正在准备
一顿美味午餐，为何这些就能让我
如此快乐？只五分钟？我可不是猫，
对一个曾误入歧途的生灵来说，
即便在这座最美丽的山上，五分钟
也已经够长、够长。

或于 1952 年 7 月

[1] 即布莱克 · 伊格尔(Black Eagle)，位于美国西北部的蒙大拿州。

# 湖泊[1]

（致以赛亚·伯林[2]）

一个湖泊应该允许平凡的父亲
　下午时绕着湖边悠闲散步，
而任何明智的母亲可以招呼孩子们
　停止玩耍，按时上床午睡：
（比这个更大的湖，譬如密歇根湖或贝加尔湖，
　虽适合饮用，却是“遥远的海”。）

湖畔居民不需要让人忐忑不安的魔鬼；
　他们把攻击性留给了没教养的浪漫派人士
听凭他们在荒野上与各自的幽灵决斗：
　在湖滨环境里待上一个月
会发现蜿蜒的河流虽可媲美，却无法改变
　上游水系枯丰不定带来的损害。

不足为怪，此时基督教世界尚未真正成形，
　直到来自山洞和监狱的白衣牧首[3]，

被酷刑折磨得伤痕累累，齐聚在阿斯卡尼亚湖[4]，
他们在遍布鹳鸟的湖边创设了
神性的生活，让一个三角形[5]圈围了
天主教三条小鱼的图案。

狡猾的外交大臣们会面总是会约在湖边，
因为，他们缓缓移步像两头喘气的老驴，
无论逆时针走还是顺时针走，道路
都会把他们的肩膀拽向一个水体中心；
这般外露的同情心或许无法保证他们
各自军队的密切合作，但仍有帮助。

只有一个无比邪恶或极度傲慢、
即将沉入大西洋中央的人，

---

[1] 《田园组诗》第四首。
[2] 以赛亚·伯林（Isaiah Berlin，1909—1997），英国哲学家和政治思想史家，二十世纪著名的自由主义知识分子之一。他出生于俄国拉脱维亚里加的犹太裔家庭，1920年随父母前往英国，后半生一直任教、居住于牛津大学。奥登与他相识于牛津大学，相处愉快，但并不亲密，不过两人的自由主义思想可谓不谋而合。
[3] 即早期基督教的主教。
[4] 即现在土耳其的伊兹尼克湖，阿斯卡尼亚湖是其古希腊名字，因其附近的伊兹尼克镇得名；该镇历史上又称为尼西亚，而尼西亚是基督教会第一次大公会议的所在地，这次会议于325年由罗马帝国皇帝君士坦丁一世主持召开，约有三百位主教或长老出席。
[5] 尼西亚会议确立了“三位一体”的神性论，依此制定了强制性的统一信条。该信条于381年经君士坦丁堡公会议（第二次基督教公会议）修改后，被称为《尼西亚信经》，成为唯一为天主教、东正教、英国圣公会和基督教新教主要派别共同承认的基督教信条。

才认为波塞冬[1]只是冲他一个人发脾气，
　可是，只有人类才会相信
小妇人般的冰川湖已爱上
　她偶尔溺死的泳客。

在城市你会感到恐慌，没什么东西
　会留意你的真实程度。
城里的饮用水可能来自水库，而水库守卫总疑神疑鬼
　感觉自己被人尾随：韦伯斯特辞典的主编
曾在鱼塘里看到黏连着干草叉的某个可怕东西；
　我知道苏塞克斯的铁匠池[2]就是这样。

不过，一个闹鬼的湖就很吓人；它们用一个
　视觉世界诊治了我们触觉的热病，
在那儿鸟喙如树枝般沉默，面目如房屋般平静；
　水蝎子觉得这里很容易对付，
倘若被船身轻轻擦过，它只是微微颤动，
　从不会钻入水里或夺路而逃。

---

[1] 据希腊神话，海神波塞冬(Poseidon)是天帝宙斯的哥哥，同时也是大地的摇撼者。

[2] 在英国的都铎王朝和斯图亚特王朝时代，制铁业多依溪流而建水车，以获得水流之动力；下方会出现一个狭长的人工湖，这样的遗址在肯特郡和苏塞克斯郡尤其多，在萨里郡和汉普郡偶尔也能看到。

如湖泊爱好者[1]那样热爱自然本也无害，
　　但他们常想着能看到野狗和陷阱：
跌落一次、被驱离一次就够你受了，很抱歉；
　　为什么我要把伊甸湖[2]交给政府，
只因世间每个凡俗男女在某个羊水小湖[3]里
　　都曾具备特异的禀赋？

我不太可能会去养一头天鹅
　　或在随便哪个小沙洲上建起塔楼，
但这并不意味着我会止住好奇心，不去想
　　自己会选定哪种湖泊（若可以选的话）。
冰碛湖，锅口湖，牛轭湖，界崖线湖，岩溶湖，
　　　　　　　　火山湖，山麓湖，凹洞湖……？
　　一口气说出这些名字，总是非常舒服。

或于1952年9月

---

［1］奥登曾以华兹华斯为典型的湖泊爱好者例，他自己对于英格兰湖区与日俱增的人口也颇为不满。
［2］或是指美国东北部佛蒙特州的伊甸湖小镇，附近有一条同名的小湖。
［3］羊水小湖（amniotic mere）是对“子宫”（womb）的形象说法。

## 溪流[1]

（致伊丽莎白 · 德鲁[2]）

珍贵而清澈的水流，在每一条溪涧里嬉闹，
当你在生活中急速奔泻或蜿蜒流淌，
　　谁不喜走近，谁不会倾听和观看？
　你是纯粹的造物，音乐与律动的完美典范。

空气有时会自吹自擂，大地懒散成性，火焰
则过于粗野，而你，你的姿态总无可挑剔，
　　在侍奉自然女神的老仆人当中
　你是谈吐最得体的一位[3]。

没人怀疑你在嘲笑他，因为在几近完工的
巴别塔[4]发生意外争吵、每一只灰浆桶
　　都翻倒掉落之后，
　你仍在使用与过去同样的词汇，

仍在自言自语：你喜欢流经的每个地方；

拱曲身体，自玄武岩岩床一跃而下，

你缓缓淌过白垩荒野，艰难穿越红泥灰岩

一路向前，你是最早的拓荒人，

每到一处都无拘无束，要不是你，

---

[1] 《田园组诗》第七首。《溪流》结合了阿尔凯奥斯四行诗与威尔士四行诗的头韵法等音节规律，可谓奥登作为诗歌“匠人”的经典之作。鉴于诗体复杂，奥登曾在1953年7月30日写给文德尔·约翰逊的信中，以该诗第二节为例详细阐述了错综的韵律形式。现照搬如下：

> Air is boastful at times, earth slovenly, fire rude,
> But you in your bearing are always immaculate,
> The most well-spoken of all the older
> Servants in the household of Mrs Nature.

在每节诗歌里，第一行靠前的一个音节与第三行中间的一个音节押韵，第二行的最后一个音节与第四行的倒数第二个音节押韵，第三行的倒数第二个音节与第四行中间的一个音节押韵。诗行音节的数目也遵循一定的规律：第一、第二行各有十二个音节，皆以阳韵结尾；第三行有九个音节，以阴韵结尾；第四行有十个音节，以阴韵结尾。可以说，诗行之间的内在押韵呼应了水流的牵引性，错落有致的诗行模拟了溪水的流动性，达到了形式与内容的高度统一。

[2] 伊丽莎白·德鲁(1887—1965)是马萨诸塞州史密斯学院的客座讲师，也是一名作家、批评家，写了很多文学评论著作。1953年，奥登访问史密斯学院时，就在德鲁的起居间里朗诵，此时西尔维亚·普拉斯在该校就读，普拉斯说奥登有着“麻布织物般的嗓音，还有干脆利落的出色表达”；当晚，她在日记里写下了如下感慨：“哦，上帝，如果这就是生活，一知半解中的匆匆一见，闻上去有股啤酒和奶酪三明治的味道，高贵的眼神，自信的想法，请让我眼目明亮，逃离课业学习的苦恼……”1997年，史密斯学院成立了诗歌中心，定期邀请诗人驻访和举办诗歌朗诵会，希望如奥登激发普拉斯那般继续引导学生们对诗歌的热爱。

[3] 奥登在此用到了古希腊的“四元素说”，即水、土、气、火是世界的物质组成。

[4] 据《圣经·旧约·创世记》记载，大洪水之后，诺亚的子孙们联合起来兴建通往天堂的高塔；为阻止人类的计划，上帝让人类说不同的语言，使之相互不能沟通，高塔最终半途而废，人类各个群落最终只能说不同的语言，相互之间不能沟通。这座高塔之所以被称为“巴别塔”，是因为“巴别”在希伯来语中有“变乱”的意思。这一节中第一行的“嘲笑他”中的“他”指挫败了人类造塔计划的上帝。

我们会去崇拜一块孤零零的岩石，
　　也会与我们的风景疏离，如异族人排斥
　其他族类的传奇故事和日常饮食。

假若你没有从远方奔涌而来，假若你
流经伊索尔德的塔楼时没有直接出手相助，
　　让柳树下被通缉的特里斯坦燃起爱火，
　我们又怎会爱上一个不在场的人？[1]

而“游戏的人”[2]，显然就是你的孩子，
以相对的等高堤岸，嘲弄着我们的世代怨仇，
　　它将沃土从户平那里传给了母平[3]，
　在你每次拐弯改道时都会予以支持。

[1] 在特里斯坦和伊索尔德的故事中，康沃尔国王马克派遣特里斯坦到爱尔兰，欲迎娶爱尔兰公主伊索尔德为王后。已经爱上特里斯坦的伊索尔德乘船前去康沃尔，途中命侍女布兰甘特取出毒酒，准备与爱人殉死。结果布兰甘特取出了爱药，特里斯坦与伊索尔德双双堕入爱河。此后的故事场景多发生在遍布河流水道的地方。

[2] 此处为双关，《游戏的人》亦是荷兰历史学家、文化理论学者约翰·赫依津哈的著作，强调了“游戏精神”在文化生成上的重要性。

[3] 母平、户平是萨拉·舒恩梅克·塔特希尔(1824—1906)所写的宗教故事《犹太双胞胎，或真理的获胜》中一个犹太家庭中的双胞胎兄弟，两人皆从商，因转信基督教而先后获得了世俗成功。另外，这两个也出现在《圣经·旧约·创世记》里(各出现了一次)，雅各布之子便雅悯(本雅明)有十个儿子，母平、户平分别是其第八子和第九子。“沃土”一词亦是双关，可引申为事业发达的基础或好运气。

水势不能为你的歌增色：你是无名溪流时
已对着蚂蚁们耳语，当梵天之子[1]垂下巨大阶梯
　　一直铺展到阿萨姆邦，
　你已对着喜马拉雅熊怒吼。

即使人类也不能损害你：世间的玫瑰和狗犬
已变得如此粗俗，可是，倘若他驱赶你通过水闸
　　在涡轮机下费力前行，或仅仅为了取乐
　让你在花园里跳跃喷涌，

你的声音仍是那么纯真，
当内心污浊的他对你大发脾气，
　　你仍然在为他讲述
　某个迥异的世界、一个

与善妒和奸猾的人类全不相容的城邦，
在那里，到处都有如加斯东 · 帕理斯
　　这样的学者誓言忠诚于它，

[1] 雅鲁藏布江流出藏南地区后进入印度阿萨姆邦后，便改称布拉马普特拉河，布拉马普特拉在梵语中意为“梵天之子”。梵天是印度古神话中的创世神。

即便俾斯麦的围城炮声已近在耳侧。[1]

不久前，在约克郡风光怡人的山谷，
基思顿大溪慌张地蹦下崖坡
　　带着孩子气的欢叫跳入斯威尔谷[2]，
　我在草地上懒散躺倒，打了会盹，

恍然发觉自己来到了某个槌球比赛的
安静围场，而画眉鸟无处不在：
　　荫凉山谷中最出色的演奏者，
　它们槌击般的鸣声是我的至爱。

此时，它周边的丘原上，狂热偏执的老人们
正用铁锹和锤子寻找史前石柱或化石，
　　遍布苔藓的山毛榉林子里，
　观鸟爱好者正蹑手蹑脚地前行。

---

[1] 加斯东·帕理斯(Gaston Paris，1839—1903)是法国作家、学者。1870年，在俾斯麦驱兵围攻巴黎期间，帕理斯镇静地作了关于中世纪法国英雄史诗《罗兰之歌》的演讲，宣称真理世界是一个远离战争的“伟大祖国”。

[2] 1953年6月22日前后，奥登在英国斯威尔谷远足漫游，并在基思顿大溪旁给自己的哥哥写了一封信，表示他很喜欢这个地方，称之为“我的圣地之一”。

突然，我们在草地上跑起来，一头钻进了树林，
因为，看啊，两个迷你火车头牵引一节
　　乳黄色车厢，
　正载着世人挚爱的神祇[1]向我们走来，

身边跟着一群穿绿衣的粗鲁扈从，
他在暴风雨中大笑，在蓝天下哭泣：
　　对我们充满敬意的欢呼表示感谢，
　还允诺了永不消逝的情爱。

挥一挥手中的火炬，他下令起舞；
于是我们围成一个圈，爱人就在我的右手边，
　　这时我醒了过来。因为这启发心智的梦，
　那一天看来是如此幸运。

水流，你的言声比以往更显珍贵，仿佛
乐于陪伴人类——上帝才知道原因何在——
　　我想，你也希望，他们中的少数至少能

[1] 不少学者指出，这里的神祇指的是希腊神话中的小爱神厄洛斯(Eros)。而关于前后几段的梦境描写，奥登曾在1965年8月19日写给霍桑夫人的信中说，这是对彼特拉克的抒情诗《爱的胜利》的现代演绎。

展现自己的光彩形象，寻获他们的圣地[1]。

或于1953年7月

[1] 在基督教世界，圣地一般指耶稣基督出生、成长、生活过的地方；此处奥登用来形容自己心目中人与自然融洽亲近的所在，一个真正的伊甸园或阿卡狄亚。

## 让今晚变得可亲起来[1]

让今晚变得可亲起来，
月亮，用你唯一的眼眸
自高空俯瞰下界，
祝福我，祝福挚爱的那个人，
也祝福四面八方的朋友。

晴朗无云，你的辉光
围绕着外部的虚空；
我们的睡眠如此无邪，
由宁静浩空、白色山冈
和闪亮的大海守护。

因命运的捉弄而分离，
默认了你每次的放纵，
如此我们或会在梦中遇上，
可以在温暖火炉边谈话，

可以在清凉溪涧旁嬉戏，

继续照映吧，如此，
今晚孤枕难眠的人才不会
在暗头里突然惊醒过来，
听着自己愤怒的呼吸，
还诅咒他的爱人死去。

1953 年 10 月

[1] 《谣曲五首》第五首。标题为译者所加。

## 为 T. S. 艾略特六十岁生日而作[1]

（1948）

当形势开始波及我们挚爱的乡土，
钥匙丢了，图书馆的半身雕像被污损了。
　　之后某天上午，在网球场，
　骇人之极，那血污的尸体，总是会这样，

日复一日的茫然，闻所未闻的干旱，而你
并没有因震惊而失语，正在为饥渴和恐惧
　　寻找恰当的语言，竭尽全力阻止
　恐慌的蔓延。惟有罪恶才值得考虑，

你会这么说。我们知道，但会充满感激地加上一句，
今天，当我们等待法律走完它的既定程序
　　（我们中哪个会逃脱鞭笞的惩罚？），
　你六十年的岁月并没有白费虚掷。

1948 年 5 月

[1] 《即兴诗三首》第一首。

## 要事优先

在冬日的黑夜醒来，我枕着自己
温暖的臂弯，辨听着暴风雨的强度，
人犹是半睡半醒，直到我的耳朵
能够开始解读那间歇性的呼啸，
将气流的元音和水流的辅音转译成
爱的言语，提示了一个特定的名字。

呼啸声刺耳又笨拙，我很少
会选择这样的嗓音，可它却在赞美你，
你被认作是月亮和西风的教子，
有能力去驯服那些似真亦幻的怪物，
它将你存在的姿态比作一个山地国家，
绿草由人工培植，蓝天靠运气的眷顾。

它如此的喧嚷，却单单挑中我，
为我复原了一个白天，异常的寂静，

连一英里以外的喷嚏也可听闻，
恍然间我正随你在火山岩海岬上散步，
这一刻，永恒如玫瑰的注视，你的在场
如此偶然，如此宝贵，就在那里，就在眼前。

不仅如此，一个讪笑的魔鬼每过一小时
就会来烦扰我，操着一口流利英语
他预言了这样一个世界：在那里，每处圣地
都已被尘沙掩埋，所有教养良好的得克萨斯人[1]
都会被他们的向导彻底蒙骗，而仁善之心
如黑格尔学派的主教[2]已灭绝。

怀着感激，我睡到了大清早上，这并不是说
它对我解读的暴风雨的言语有多么地信任，
只是平静地将我的注意力移向收得的结果
——我的贮水箱存了那么多立方的水
足以抵御这个酷夏——正所谓要事优先：

[1] 这里涉及美国得克萨斯州的州名来历。据说州名来自印第安语“tejas”，意为“朋友”或“盟友”，当年西班牙探险家在命名该州时将这个本应该为人称的词误以为地名，就由此沿用下来。
[2] 门德尔松教授指出，“黑格尔学派的主教”指的是那些能够将旧教义与新哲学协调起来的神职人员。

很多人无须爱也可苟活，但没有水则万事皆休。[1]

1956 年

[1] 关于结尾行，奥登在 1972 年接受《巴黎评论》采访时曾说起一段趣闻：奥登的朋友多罗茜·戴伊因参加示威活动被关进了第六大道和八号街的女子监狱，事后奥登从她那里了解到一件事："嗯，有个星期的礼拜天，在这个地方，女孩们排队下楼去淋浴。一群人被领进了门，这时，一个妓女在高声念诵：'很多人无须爱也可苟活，但没有水则万事皆休……'那是我一首诗里的句子，才刚刚发表在《纽约客》上。听到这个的时候，我知道我没有白写。"

## 爱得更多的那人

仰望着群星，我很清楚，
即便我下了地狱，它们也不会在乎，
但在这尘世，人或兽类的无情
我们最不必去担心。

当星辰以一种我们无以回报的
激情燃烧着，我们怎能心安理得？
倘若爱不可能有对等，
愿我是爱得更多的那人。

自认的仰慕者如我这般，
星星们都不会瞧上一眼，
此刻看着它们，我不能
说自己整天思念着一个人。

倘若星辰都已殒灭或消失无踪，

我会学着观看一个空无的天穹，
并感受它全然暗黑的庄严，
尽管这会花去我些许的时间。

或于 1957 年 9 月

# 阿喀琉斯[1]之盾

目光越过他的肩头
　她在寻找橄榄树和葡萄园，
寻找施行良治的大理石城邦
　和狂野海洋上的航船，
而在闪闪发光的金属之上
　他双手打造出的却是
一片人为的蛮荒
　和铅色的天际。

一个毫无特点的平原，贫瘠，阴沉，
　片草不生，荒无人烟，
没有东西可充饥，没有地方可栖身，
　在它的虚空之上，一个难以辨识的群体
　正在此间聚集站立，
一百万双眼睛、一百万双战靴摆出了阵型，
人人面无表情，等着一声号令。

一个没有面目的声音划破了空气，
　统计数据已证明，陈述理由的语气
如此乏味和平静，一如所在的场域：
　没有人欢欣鼓舞，什么也无须讨论；
　前队接后队，裹卷在烟尘里，
他们向前进发时强撑着一个信心
如此逻辑将在某处将他们引向不幸。

目光越过他的肩头
　她在寻找仪式的虔诚，
寻找头戴白花冠的牛犊、
　奠酒和祭祀供品，
而在闪闪发光的金属之上
　经由摇曳的锻炉之火，
她没有看到理应出现的祭坛，
　却看见了别样的场景。

---

[1] 在攻打特洛伊城期间，忒提斯爱子心切，拜托火神赫菲斯托斯为阿喀琉斯打造了盾牌以及其他武器装备，《伊利亚特》第十八卷讲述的就是这段故事，洋洋洒洒一百三十余行诗句都在描述盾面上的图案，而奥登此诗在内容上显然与之形成了互文。另外，值得注意的是，奥登在诗体安排上也独具匠心，将海洋女神忒提斯所希望看到的秩序世界和盾牌上出现的混乱世界进行戏剧性地对照，前者均采用八行体(每个诗行控制在三个音步)，后者均采用七行体(每个诗行控制在五个音步)，秩序与混乱、节制与松散一目了然，以此实现了诗歌内容与形式的高度统一。

铁丝网随意圈出了一个营地，
　无聊的将官们懒散地躺着(有人在插科打诨)，
哨兵们汗水涔涔，全因这酷热天气：
　一群衣着体面的普通民众
　围在外面观望，不走动，也不吱声，
当三个面色苍白的家伙被押解上场
绑缚在直插进地里的三根木桩上。[1]

这个世界的平民与王族，各自都有
　其分量，落在他人手里则不分轻重；
众生皆渺小，他们无法指望援救，
　自然也没有援军来这里：
　敌人屡屡得逞，他们深以为耻，
感觉糟糕到无以复加；他们失去了
人的尊严，在肉身死亡前就已经死去。

　目光越过他的肩头
　　她寻找竞技场里的健儿，
　男男女女结伴起舞
　　摇摆着曼妙的肢体，
　快，快，跟上音乐的节拍，

[1] 此处是对耶稣被钉在十字架的受难场面的戏仿，只不过“三个面色苍白的家伙”身份不明，不再是耶稣和两个强盗，十字架变成了“木桩”，围观的群众也被替换为衣着得体、默不作声的现代人。

而在闪闪发光的盾牌之上
他双手布置出的不是舞池
只是一片杂草荒地。

一个衣衫褴褛的流浪儿，漫无目标地
独自徘徊在那片空地；一只飞鸟
振翅高飞，只为逃离他精准掷出的砾石：
两个男孩拔刀捅向第三人，女孩们被强暴，
这些于他都是公理，他从来不知道
有这样的世界：那里人人诚实守信，
只因他人在哭泣，你也会潸然动情。

薄嘴唇的兵器匠赫菲斯托斯，
已一瘸一拐地走开，
看着这件由神祇打造、
只为取悦她的爱子的物件，
胸膛闪亮的[1]忒提斯沮丧地哭出声来：
冷酷心肠、杀人无数的
强悍的阿喀琉斯
命寿注定不会很长。

1952 年

[1] 荷马写到忒提斯时，往往用“银色”来形容，银色含有闪亮的意思。奥登用“of the shining breast”来修饰忒提斯，也是在呼应荷马。

## 浴缸沉思录

（公元 500 年—公元 1950 年）

致敬，未来的朋友，现在我可以
预告你的礼物以表谢意，
你首先想到的应该是仁善，
以我过往的阅历就可推断。
简洁的问候语，最适合
序数极值[1]的两个无名者：
致敬，再见！概率只会认出
我们各自数列的长度，
但我们数值上的关联有如诸神，
无论爱或死亡都无法触碰。

这么寻思着，我在想，这个最后的罗马不列颠人
该去洗他最后一次热水澡了。

1955 年

[1] 序数是集合论基本概念之一，是日常使用的第一、第二等表示次序的数的推广；极值指一个函数的极大值或极小值。这里，奥登使用了数学上的专门术语来譬喻人与人之间跨越时间的联系；小标题“公元 500 年—公元 1950 年”让我们推想，他当时或许正在读古罗马后期某位作家的书。

## 向克里俄致敬[1]

我们的山丘已顺服，岭上的新绿
　迅速向北方铺展：我的周遭，
从早晨到夜晚，繁花持续地绽放，
　争奇斗艳中，五彩斑斓的它们

都已获胜，而另一族类的尖利叫声
　也随时会从某个地方传来，
那些初生的鸟雏儿啁啾鸣啭，
　不为取悦只因就是要叫唤。

有件事要去做。这个五月的早晨，
　很多我无法理解的生命都感知到了
我的存在，当我正坐着读书，眼睛停在
　某段难以卒读的文章，敏感地嗅出了

某种不舒服、不安稳的味儿，这感觉

似曾相识：我手上的书了无生气，
而这些空中的生灵以评论为生，
它们不知何为沉默，一如撩人的

阿佛洛狄忒或酷似她的悍妇阿耳忒弥斯[2]，
这对高傲的姐妹，其关切的话题惟有
她们自己。这就是为什么，在她们争斗的领域，
平庸会变成美丽，

没有过大或过小的比例失调，也没有
色彩失真，而地震的怒吼会将
溪流的低语调整为一种并不喧闹的高音：
而我们为此缘由，偶然

又不合时宜地，被迫与你，克里俄，

[1] 兰德尔·贾雷尔、西默斯·希尼，还有菲利普·拉金都认为奥登的早期作品远比他的晚期作品出色。1960年，拉金在《旁观者》杂志还发表了一篇标题耸动的评论文章(名为《威斯坦变成了什么？》)，特别提到了这首《向克里俄致敬》；他断言奥登的中后期作品“缺乏生气，有一种不断重复固有文学主题的趋势，陷入了某种抽象空谈……选择去创作长篇大论的反思性的诗歌，用一成不变的调子，从容展现着主题的各个侧面……奥登变成了一个不严肃的诗人，不再触动我们的想象力”，诸如此类。有趣的是，奥登显然读过这篇文章，随后还发表了一篇有关拉金的诗作《较少受骗者》(The Less Deceived，1955)的评论文章，毫不吝啬赞美之词。

[2] 阿耳忒弥斯是希腊神话里的月亮与狩猎女神，太阳神阿波罗的孪生姐妹，常身穿白色长衣、手持火炬，打猎时背着银弓，驾一辆由红雌鹿牵拉的金车，一群猎狗为她呼啸开路。若有人闯入她的领地搅扰她，必会遭到残酷的报复，故而奥登称之为“悍妇”。

与你的沉默面对面。自那以后
诸事难如意。我们或会做梦，当我们
祈愿会有十二个仙女

围着阳具崇拜的立柱或肚脐石[1]绕圈打转，
但这些画面毫无帮助：你的沉默
已挡在了中间，令我们无法抵达
任何一个掌控万物的神秘中心。此外，

我们真是如此的不堪？日出时被公鸡的
啼叫吵醒（它一迭连声地打鸣
即便它所有的鸡仔已被阉割或成了盘中餐），
我很高兴我仍能感知不快乐[2]：纵然

---

[1] 肚脐石是在古代地中海沿岸地区出现的石器制品，通常是竖立的圆石，同时兼有宗教崇拜和生殖崇拜的功能；它来源于古代神话：据说宙斯放出了两只老鹰，让它们在世界的肚脐（用来譬喻中心点）会合，肚脐石就用来标识这样的地点。

[2] 奥登曾多次探讨人与自然的分野，并从上帝造人的角度对人的本质属性做过深入探讨。他认为："人的创造被描述为双重过程。首先，'神用地上的尘土造人'。也就是说，人是自然造物，如其他所有的造物那样遵循自然秩序的法则。其次，'神将生气吹在他鼻孔里，他就成了有灵的活人'。这意味着，人是承载神的形象的独一无二的造物，具有自我意识和自由意志，因而能够创造历史。"正是"自我意识和自由意志"派生出了人的"选择"特性，而人类始祖面临的第一次选择就是摘食"分别善恶的树"上的果实。奥登特别指出："人违抗禁令后，一开始面临的遭遇并不是苦楚或任何施压的惩罚（这在之后才显现），而是不快乐；亚当和夏娃与上帝的关系，以及亚当与夏娃之间的关系，并不严峻，只不过瞬间从爱和信任转向了内疚和焦虑。"

我不知道该如何应对，至少我知道
　那“成对交配的野兽”[1]可能是某种
平均分布的物种，而我的母亲和父亲
　也不例外。去拜谒

一个朋友的墓地，当众出人家的丑，
　历数一路换过的情人的数目，这不太好，
但是像不会哭的鸟儿般啁啾发声，
　仿佛没有特定的人死去，

还认为闲言碎语从来不真实，这就匪夷所思了：
　果真如此，宽恕不会起什么作用，
以眼还眼的报复才合情理，而无辜者
　也不必去承受痛苦。阿耳忒弥斯

和阿佛洛狄忒都是主神[2]，所有英明的
　城堡主都会留意她们的言行举止，

[1] 此处原文为“beast-with-two-backs”，通常译为“交媾”，出自莎士比亚悲剧《奥赛罗》第一幕第一场。
[2] 指希腊神话中新辈诸神里的“主神”，共十二位。

惟有你，静默女士[1]，你从来就没有
　公开表态，我们沉不住气的时候

会求助于你，而在被识破之后，
　克里俄，我们会凝视你的眼睛
以寻求理解。我该如何描述你?
　也许，惟有花岗岩雕塑才堪表现

（有人马上就猜想，完美的臀部，
　没有棱角的高贵无瑕的嘴唇，
她必会是一座巨像）可是，艺术为你创作出了
　怎样的形象？你看上去就像一个不起眼的

普通姑娘，与野兽为伍也没有表现出任何
　特殊的亲近感。我看过你的照片，
我想是在报纸上，你在看护一个婴儿
　或正哀悼某具尸体：每一次

---

[1] 奥登在这首诗中把克里俄描绘成司掌历史的缪斯，同时也是“静默女士”（Madonna of silences，“Madonna”有“圣母马利亚”的含义）。关于这一点，可以从奥登于1956年圣体节写给友人厄休拉·尼布尔的信管窥一二。奥登在信中附上了这首诗，并写道：“写这首诗的时候，我的脑子里都是你，因为我觉得你是唯一能够理解我的安立甘宋信仰问题的人——试问，一个给圣母马利亚写赞美诗的人能够不小便么？新教徒们不喜欢她，罗马人要的是该死的热情和哭腔的男高音。随信附上的这首诗是我的尝试，交由你那严厉的、神学的、女性的鉴赏力来评判。”

你都什么也不说、什么也不做，我们就此看清
　并注意到了你的处境，唯一历史事实的
缪斯女神，你默默守卫着视野所及的
　某个世界，爆炸的巨响也无法消除

你的静默，众所周知，惟有恋人肯定的回答
　才会令你动容。大人物们很少会倾听：
这就是为什么，你有那么一大群
　滑稽可笑的人物要去关心，

这就是为什么，那些命运沉浮如坎伯兰公爵[1]、
　兜转忙碌如拉克西水车[2]的人，
矮胖的人，谢顶的人，信神的人，口吃的人，
　都成了阿耳忒弥斯的膜拜者，却没有

追随你。而听从你指引的生命如音乐般流动，
　现已接受它们唯一的可能性，让静默发出了
果决的声音：它听上去如此地从容，

[1] 坎伯兰公爵指威廉·奥古斯都王子(1721—1765)，英王乔治二世幼子，亦是英军将领，有弗兰德恶棍和坎伯兰屠夫之称号。他参加的战事有胜有败，凯旋过，也曾屈辱地订立城下之盟，可谓是几经沉浮。
[2] 拉克西水车于1854年建在英国马恩岛的拉克西村，是世界上最大且仍在运作的水车。

　　但他们还须找准它的节拍。克里俄，

时间之缪斯，惟有走出第一步
　　才会让你仁慈的静默实现自身的价值，
而这一步通常意味着历尽艰辛，纵使你的善意
　　从来不被人理解，你总会原谅我们的吵闹

并引导我们去回忆：阿佛洛狄忒说过，
　　我们绝无可能放过某个我们所爱之人
犯下的最微不足道的过失，
　　而她应该知道，你也明白，有些人

已做到了这一点。你看上去如此可亲，
　　我却不敢问你是否会庇佑诗人，
因为你看似从来没有读过他们的作品，
　　而我，也看不出你必须如此的原因。

1955 年 6 月

## 赞美经[1]

小鸟在树叶间歌唱；
公鸡报晓催人醒来：
孤独自处，期待友伴[2]。

明亮晨曦俯照着世间众生；
左邻右舍的人恢复了意识：
孤独自处，期待友伴。

公鸡报晓催人醒来；
钟声四起已开始奏鸣：
孤独自处，期待友伴。

左邻右舍的人恢复了意识：
上帝保佑这个王国和他的子民：
孤独自处，期待友伴。

钟声四起已开始奏鸣；
湿嗒嗒的磨坊水轮再次转动：
孤独自处，期待友伴。

上帝保佑这个王国和他的子民；
上帝保佑这个绿意盎然的俗界：
孤独自处，期待友伴。

湿嗒嗒的磨坊水轮再次转动；
小鸟在树叶间歌唱：
孤独自处，期待友伴。

1952 年

---

[1] 《祷告时辰》组诗第七首。组诗最后这首是祈愿祷告，祝福生生不息的自然界，也祝福世俗的历史的世界。全诗采用西班牙的古老诗体——"cossante"，与内容非常契合。

[2] 门德尔松教授和富勒先生都认为，"孤独自处"和"期待友伴"反映出奥登的认知观念：作为个体的罪人构成了教会的会众。我们可以将这两句解读为奥登的内心独白。

# 礼拜五的圣子[1]

（悼念迪特里希·朋霍费尔[2]，
1945 年 5 月 9 日殉道于弗罗森堡）

他告诉我们有选择的自由
可是，追随者如我们会这么想——
“圣父之爱只在最后关头
　不得已时，才会将他的力量

施于傲慢而不知悔悟的群氓。”
通常会对宗教感到害怕，
我们从来未曾料想
　他所说的都是实话。

他或许会皱眉，也会伤心，
可是，去讨论愤怒或怜悯
是否为我们带来了更沉重的打击，
　看来并没有什么意义。

什么样的尊崇，奉与了

一个如此怪异的神祇?
他竟然让自己一手创造的
　亚当[3]，去行上帝的神迹?[4]

这个**全能人物**或许会高兴起来，
倘若我们对它还心存敬畏
(在诸侯割据、民众下跪的年代)；
　有人努力过，但谁能一试?

我们在观察它的所作所为时
感知到的自我审视的敏锐心智
既不可怕也没有恶意，
　却平庸之极。

虽然持有种种良方妙术，

---

[1] 此处的“礼拜五”有宗教寓意，请参看《祷告时辰 · 辰时经》的相关注释。
[2] 迪特里希 · 朋霍费尔(Dietrich Bonhoeffer，1906—1945)是德国信义宗牧师、二十世纪杰出的德国神学家，曾参加德国的反纳粹抵抗运动，因计划刺杀希特勒失败，于1943年3月被捕。德国投降前一个月，他在弗罗森堡集中营被绞死。他的神学思想，对二战后的基督教神学乃至整个西方产生了广泛影响。他的殉道史，被称为“现代的使徒行传”。他著有《基督教伦理学》以及由在狱中日记、书信汇集而成的《狱中书简》(又名《抗拒还是服从》)。奥登这首诗的主题，甚至语气，都受到《狱中书简》的影响与启发。
[3] 这里的“亚当”也是个双关语，喻指人类善恶难辨的本性。
[4] 奥登认为，上帝造人的过程赋予了人类选择的自由，既可能选择善，也可能选择恶。

可以实现愿望或反愿望[1]，
有一点很明确，它并不清楚
　自己做事的明确方向。

既然类推法是一派胡言，
我们的理性先须依从信仰，
我们已没有任何方法手段
　去了解真实的状况，

且还须忍受这个已获知的事实：
我们提交的关于上帝存在与否的
所有证据或反证，已原封不动地
　退还给了寄件者。

现在，他真的拆开了信封
并再度出现？我们不敢断言；
而神志清醒的不信神的人们
　已全盘接受了末日预言。

[1] “反愿望”是弗洛伊德在《梦的解析》使用的一个专门术语，用来指称因为内心抗拒抵触意识而产生的与愿望相反的梦境。

与此同时，十字架上的死寂
一如我们长久的无动于衷，
谈到了某种总收益或总损失，
　那张饱受凌辱的面容[1]

让你我仍可随意去猜想
他刚刚保全了谁的颜面，
当他在一个露天刑场
　如奴隶般受难而死。

或于 1958 年

[1] 指受刑的耶稣。

## 创作的洞穴[1]

（悼念路易斯·麦克尼斯[2]）

这地方和所有类似的封闭场所，其原型
　都是韦兰的铁匠铺[3]，
一个洞穴既不欢迎情人也不欢迎女仆，
　甚至比一间卧室更为私密，
但没有那么神秘：奥利维蒂牌手提式打字机，
　词典（钱能买到的
最好的东西）[4]，一大堆的纸，很明显
　会有什么事发生。没有花束和
家庭相片，这里的所有布置都服从了
　某项功能，目的在于
阻止白日梦——因此，窗户不采用貌似合理的
　宽度，仅允许一束光进入，其亮度
足以让人修理钟表——这也让听觉变得敏锐：
　由一个外楼梯连接，家里的
声响和气味、自然生活的宏大背景
　已被隔绝在外。在这里。

安静化为了实体。

　　　　　　　　路易斯，要是你仍然活跃于
　公众场合，我希望能带你看看这里，
还有屋宅和花园：女性和多尼戈尔郡[5]的恋慕者，
　从你的视角看来，你定会注意到
我正远眺的风景，转而对我所能告知你的事实
　发生学术上的兴趣(譬如说，
在我们东面四英里处，有一处木栅栏墙，
　加洛林王朝时期的巴伐利亚就止步于此，
再过去就是不可知的游牧部落)。我们因个人选择
　结交为友，但命运早已让我们

[1] 《栖居地的感恩》组诗第三首。这首诗描述的场所是书房。

[2] 1963年8月，路易斯·麦克尼斯去约克郡作岩洞探险，为广播剧《从波洛克来的人们》收集音效，于荒野遇暴风雨，至赫特福德郡家中才换下湿衣服，由支气管炎发展成病毒性肺炎，9月3日故去。奥登在这首题献诗中对挚友的意外去世表达了深切的缅怀。

[3] 韦兰是日耳曼人的铁匠神，这个名字是移居来的撒克逊人所取。此处亦指英国新石器时代的古坟，位于牛津郡阿什伯里的阿芬顿，白马悬崖和阿芬顿堡附近。

[4] 奥登平生酷嗜翻阅《牛津英语词典》(*Oxford English Dictionary*)，经常随身携带一卷。购置了基希施泰腾乡间小舍后，他在二楼整理出了一间工作室，里面除了放置一张书桌和一台打字机外，只有成堆成堆叠放在地上的书籍了。有位朋友注意到，奥登没有为书桌配凳子，每当需要伏案写点什么的时候，他都直接把放在最显眼位置的那十几卷《牛津英语词典》搬到书桌前，“像个还没长大的孩子般”坐在上面。

[5] 多尼戈尔郡位于爱尔兰西北部。路易斯·麦克尼斯出生于北爱尔兰，对多尼戈尔郡情有独钟，曾作诗《多尼戈尔三联画》(Donegal Triptych, 1955)。

比邻而居[1]。就语法而言，我们都继承了
　混合了很多野蛮人色彩的英语语言，
而它从未彻底屈从于罗马人的修辞学
　或罗马的吸引力，这样的废话
人人都不爱听。我们的父亲，虽然不像贺拉斯的
　父亲那样会抬起前臂擦鼻子，
都不是显赫家庭[2]出身，而我们的祖先
　很可能是富裕百姓中的一员，
谋害他们也花不了太多钱。如此降临人世，我们
　都在某个时刻具备了自我意识，那时，
火车头用马洛里合金标上了爵士们的名号，
　科学被学童们叫做了臭气，
而庄园在政治上仍然很神秘：
　我们都曾心情复杂地
看着无言的床铺、空荡荡的教堂，看着
　骑兵部队行进，看着德国人创立了

[1] 关于这段“命运”，我们不妨看看其中一二事例：1926 年，麦克尼斯进入牛津大学的默顿学院，彼时奥登已经在基督学院学习一年，是为“比邻而居”；1930 年，麦克尼斯在伯明翰大学 E. R. 道兹教授手下任助理讲师，而道兹教授与奥登的父亲私交甚好，奥登经常去道兹家做客(有时候干脆把朋友们约在道兹家会面)，得以与麦克尼斯深入沟通，是为“比邻而居”；1936 年，奥登邀请麦克尼斯与自己一道去冰岛，翌年合著了《冰岛来信》，可以说是“比邻而居”的成果。
[2] 此处原文为“porphyry-born”，奥登自创的一个词，其中“porphyry”在希腊语里有“紫红色”的含义，故“porphyry-born”可以理解为出身于身披紫袍的家庭，也就是贵族阶层。贺拉斯的父亲的确属于中小奴隶主阶层。

宇宙模型，而宗教信仰，若我们还曾有过，
　已在某种内在的美德中破灭。远方的生活
比以往任何时候都更加美好、神奇、惹人喜爱，
　自从出现了斯大林和希特勒，我们
再也不相信我们自己：我们主观地确信
　一切皆有可能。
　　　　　　　不过，对你来说，
自去年秋天以来，你已悄悄溜出了安乐之所[1]、
　我们潮湿的花园，进入了
一个漫不经心、无所谓可能性的
　国度。我多希望你没得那场感冒，
而当我们思念故去之人，与之交谈却变得
　更为容易：和那些不再会被问题困扰的人
在一起，你不会感觉害羞，而且，无论如何，
　当绝无可能去玩牌、饮酒
或扮鬼脸的时候，除了和那些代表了
　良知的声音说说话，其它还有

[1] 此处原文为“Granusion”，出自十二世纪哲学家伯纳德·西尔维斯特里斯(Bernardus Silvestris)所写的哲学寓言《宇宙志》，该书形式上采用了混合文体，散文篇章中间穿插着诗歌，共分成两个部分：“宏观宇宙篇”描述了自然界的秩序形成，“微观宇宙篇”描述了人类的创生。在《宇宙志》中，“安乐之所”是纳图拉(Natura，自然女神)与乌拉尼亚(Urania，九位缪斯之一，主掌天文)降临人间建起的一个世外桃源般的所在。“Granusion”也可译为“美好乐土”，这是奥登诗歌中经常出现的一个主题。

什么事可以做？从现在开始，你若要来访，
　再不必去火车站专程等候，
而我所在之地[1]，也随时欢迎你施加影响，
　特别是这里，从《诗集》到
《燃烧的鸟枝》[2]中的作品，在在证明了
　你是创造者，我和你
一度也合作过[3]，有一回，在某个奇怪的研讨会上
　当有个呆子正滔滔不绝谈论着**异化**，
我俩还曾相互使眼色来着。
　　　　　　　　　身为口述文化中的
　诗人，在醉酒的宴会上，
有责任即兴创作一首颂词，你会偏爱某个
　粗壮的目不识丁的伙夫，还是那位
拳击场的好手？又或者，为生计考虑，还得依从
　某个古怪君主的情绪，如他期望的那样
学侏儒逗笑取乐？说到底，跻身富人的交际圈，
　得以奉献此种并不流行的艺术
已属一项特殊荣幸，它无法转化为可供研究的

[1] 此处原文为“ubity”，是奥登自创的一个词，源于拉丁文的 ubi，意近英语的“whereabouts”，故可译为“置身之地”、“所在之地”。
[2] 《燃烧的鸟枝》是麦克尼斯的单行本诗集，出版于 1963 年，就在他意外去世不久之后。
[3] 1936 年，奥登曾与路易斯 · 麦克尼斯结伴访问冰岛，翌年合作出版了旅行读物《冰岛来信》。

背景噪音，也不会被新近发家的
大佬们当作象征身份的奖状挂在墙上，
它不可能像威尼斯那般得体，也不像托尔斯泰的
小说那样会被删减，却常常顽固地坚持，要么有人读，
要么就被忽视：我们仅有的几位顾客
至少还能读如尼文。（这有些无情，若忘记提及
那些不发达国家，但挨饿的人
就像偏狭的乐天派，耳朵里什么都听不进去：
整体而言，只有印度人
能诚实地谈论欲望。）我们的先祖们或许会嫉妒，
我们残余的器官仍然还能去倾听：
如尼采所说，庶民们会变得越来越
愚钝，而权贵们的脑子
总是转得越来越快。（如今，甚至塔列朗[1]
可能看上去也过于天真：他要应付的事
实在是太过琐碎）。倘若可以，我很想成为
一个大西洋的小歌德，
承续他对天气和石头的热情，但会摒弃他

[1] 塔列朗（1754—1838）是法国大革命时期崛起的政治家，为人圆滑机警、权变多诈，有“阴谋家”之称号。

厌恶十字架的愚蠢[1]：他有时很讨人厌，
但已认知到语言的极限，一道阴影呼应着
无声的光线，已证明了
他一厢情愿认定却似是而非的真理，
此时那群崇拜法国的职业歌手，因过于自负
已不堪此任。我们并非音乐家：糟糕的诗歌
有失体面，而头脑过于灵活的人
也说明他缺乏品味。即便一首五行打油诗
也包含了某些价值，
当患了癌症等死或面对了一支行刑队，
正派人士仍可以毫不屈辱地将它读出：
（身处如此绝境，我不敢向任何人求告，
无论是像先知般大声吼叫
还是外交官似的低声细语。）
由于你深知我们
行内的秘密，因此
身处孤独书斋中的我们，是多么需要
已故好友的陪伴，当自我变得无足轻重
虚耗在一大堆琐事上，沉闷的日子里，

[1] 关于歌德对待自然和教会的态度，奥登曾在 1965 年 10 月 4 日写给友人的信中有所解释："歌德坚持自然是美好的(同时厌恶十字架)，这其实是一种防御机制。很少有人像他那样害怕疾病和死亡，他只能装作对它们视而不见。"

请给我们以安慰，
当空想和废话的小魔鬼口中啧啧有声
操纵我们写下他们想写的东西，
请打破我们自我迷惑的咒语，在喝餐前酒之前，
你不会认为我强人所难，
假如我请你留在我的近旁：亲爱的幽灵，因为
这是写给你的挽歌，我本可以把它处理得
更接近你的风格，而不是这段自我中心的独白，
但为了我们的友情，还请接受它吧。

1964 年 7 月

## 附言

永恒的虚构世界
有着不言自明的意义
却不会带来快乐，

我们自己的世俗世界
不是这样，其间的事物

绝不等同于表象。

· · ·

一首诗——一个荒诞故事：
但只要写得好，都会引发
我们探究的兴趣。

· · ·

只有叫声难听的鸟儿
和不善辞令的兵士
才需要鲜亮的羽衣。

· · ·

在一间妓院里，
女士和绅士
都只使用诨名。

· · ·

无言的恶
借用了善的语言
将它变为了噪音。

· · ·

无趣而可悲的一天。
何种剽窃来的谎言
截断了你的真诚的溪流？

· · ·

运气好的时候，我们看似即将说出
我们自以为是的想法：可即便如此，
眼睛也会诚实地眨巴几下。

. . .

大自然，始终令人生畏，
不会教我们写什么或做什么：
有她在场，现实总是真实的，
而真实也意味着公正。

. . .

时间已教会了你，
　　　　　　　你的缺点瑕疵
给你带来了多少的灵感，
　　　　　　　　　　何种想象力
可以归功于
　　　　　不由自主的诱惑，
而很多富于表现力的
　　　　　　　　　精美诗行
本来不会存在，
　　　　　　假若你设法抗拒：
作为诗人，你知道
　　　　　　　　这是事实，
虽然在教堂里

你有时会

祈求悔悟，

但它并不起作用。

你说，幸运的堕落[1]：

也许你是对的。

是的，你希望

你写的书会宽免你，

将你救出地狱：

尽管如此，

看上去并不悲哀，

好像也没有

以任何方式加以谴责

（他不需要这么做，

心里很清楚

如你这样一个热爱艺术的人

该听从什么），

在审判日那天

上帝会让你饱含

羞愧的泪水，

[1] 原文为拉丁语“Felix Culpa”。

凭记忆背诵出

你本该写下来的

那些诗篇，倘若

你的生命已归于善。

# 房屋地理学[1]

（致克里斯托弗·衣修伍德[2]）

吃过早饭后，坐在
这个铺着白瓷砖的
隔间、阿拉伯人所称的
“人人都会去的屋子”里，
甚至忧郁症患者
也会为自然女士
赐予的原始欢愉
向她大声欢呼。

人但凡年过七十
性爱就只是一场梦，
不过是开始剃须
之前的插科打诨：
口腹之乐须仰赖厨子的
本事，而这个快乐
她早已允诺保证

从摇篮一直到坟墓。

被提拎着离开尿壶，
孩子们从母亲那里
头一回听到了
世间的无私赞美：
此后的整个成年期，
一日之晨若始于
惬意地拉屎
就是个好兆头。

路德在如厕时蒙受了
启示（他就是在那里
解开了那些纵横字谜）：
铸造**思想者**的罗丹
可不是一个傻瓜，
那个苦思冥想的人
弯腰蹲伏的姿势
如同正坐在马桶上。

---

[1]《栖居地的感恩》组诗第六首。这首诗描述的场所是卫生间。

[2] 据门德尔松教授解释，奥登之所以要把这首诗题献给衣修伍德，是对后者刚出版的小说《单身男子》（1964）的致敬。在这部小说中，主人公因为无法接受伴侣突然离世的事实，意志消沉，在卫生间里缅怀过往。

所有的艺术都源自
这自发的“嗯嗯”声，
此即艺术家的隐私：
创作者们穷尽一生
各想各的招儿，
只为努力创作出一个
正在排便的那喀索斯
的负面形象。

弗洛伊德并非虚构了
那个便秘的守财奴：
银行在它们的正门
装上了标有“夜间存款”[1]
字样的信箱[2]，
股价有稳定也有狂泻。
各国的货币
要么软要么硬。

[1] 在自动柜员机问世(1968)前，银行设有邮筒，可存入现金。
[2] 此节有三处双关：“夜间存款”指向了人体积蓄的大小便；“股价有稳定也有狂泻”指向了人体排泄的不同状况；硬通货指当前汇率稳定并预计有上升趋势的货币，软通货指汇率不稳定并预计有明显下降趋势的货币，“软”和“硬”指向了粪便的不同性状。

地球母亲让我们的
仁慈的肠道在有生之年里
保持通畅，同时
也净化了我们的头脑：
她给予我们善始善终，
而不是老年痴呆症、
暴躁脾气、括约肌无力，
窝在一间廉价旅馆里[1]。

她让我们各安其位：
当我们想入非非[2]，
似乎有意接受
那些高等的思想，
她就会为我们放送
让人泄气的影像，
譬如某个大先知[3]
突然想要解手时的
痛苦表情。

---

[1] 此句一语成谶：1973 年 9 月 28 日晚，奥登出席奥地利文学协会为他举行的诗歌朗诵会，会后感到疲劳，未及用餐便回旅馆休息；第二天，切斯特·卡尔曼敲不开他的房门，找来人打开后，发现他安卧床上已然去世。
[2] 原文“pound-noteish”是爱尔兰俚语，一般译为“想入非非的”或“自负气傲的”。
[3] 指《圣经》中的以赛亚、耶利米、以西结和但以理。

（正统信仰必会保佑
我们现代化的管道系统：
在斯威夫特和圣奥古斯丁
生活的那些年代，
下水道的臭味总是
充溢了鼻孔，曾引发
针对摩尼教徒[1]的激烈辩论。）

身与心各自运行，
依循了不同的时间表：
只有等到第二天早上
进到这里后，
我们才能将昨天的
生死烦恼抛诸脑后，
鼓起全部的勇气
去直面当前的境况。

1964 年 7 月

[1] 摩尼教是源自古波斯宗教祆教的宗教，为公元三世纪中叶波斯人摩尼所创立，其哲学体系糅合了基督教与祆教的教义；唐高宗、武则天时期，波斯人拂多诞将摩尼教传入中国，又被称作牟尼教、明教。

# 友人专用[1]

（致约翰·克拉克和苔科拉·克拉克）

这房间我们自己不住，单独留出
如一座友谊的圣殿，
一年里多半时间安静无声，
它在等待你们的莅临，
因为惟有你们，作为来访者，
会带来私人生活的一个周末。

房子背靠整齐的树林，
面朝一片拖拉机耕作的甜菜地，
你们勤劳的主人已预留好一段时间，
你们不像是专程来寻访龙骑兵
或浪漫故事的：若是渴望戏剧性事件
你们就不会来这里了。

我们确实拥有几乎囊括了各种
文学倾向的书籍，便笺纸，信封，

专为要写信的人准备（“借邮票”
可是缺乏教养的表现）：
午饭和下午茶之间，也许会开车兜风；
晚饭过后，会听音乐或是闲聊。

你们当然会有些麻烦（宠物会死去，
爱人们总是表现糟糕），
倾诉会有帮助，我们会认真听，
仔细考虑，并给出我们的建议：
假如提到这些话题太过伤人，
我们不会多事再去追问。

因为我们很快就发现，友谊的语言
开始说时很容易，要讲得流利却很难，
这是一种找不到同类的方言，
与婴儿室和卧室的胡言乱语、
与求爱的押韵诗和牧羊人的大白话
毫无相似之处，而且，

[1]《栖居地的感恩》组诗第九首。这首诗描述的场所是客房。奥登和切斯特·卡尔曼非常好客，经常在基希施泰腾的乡间小舍招待朋友们；他们甚至还备了一本访客簿，记录客人来访的时间和他们的留言。

除非经常说，很快就会变得生疏。
距离和责任使我们产生意见分歧，
但心不在焉看上去并不讨厌，
假如它能为我们的再度会面
创造一个现实的理由。得空就来吧：
你们的房间会准备妥当。

在“咚咚王”统治时期[1]，
床头柜上会摆一罐饼干
专供夜间的咀嚼。而现在，装备已变换，
流行各种各样的嗜好：
这里也为习惯计算卡路里的日光浴者
备好了一瓶矿泉水。

晚安！或许，你们马上就会进入
甜美的梦乡，并且确信
不管之前谁在这张床上睡过
肯定是我们喜欢的人，
而在我们友爱的小圈子里

[1] “咚咚王”（Tum-Tum）是英国国王爱德华七世（1841—1910）的绰号，因为他热爱美食、腹围日益增长，朋友们就给他取了这么一个可爱的绰号，暗示他肚皮肥得像大鼓般咚咚作响。

你们也会是独一无二。

1964年6月

# 平凡生活[1]

（致切斯特·卡尔曼）

一间起居室，这包罗万象的区域
　你(称“汝”，更得宜)和我
不敲门就可进去，离开时也无须鞠躬，
　以同一种姿态、长久的信任，面对了

每一位来访者：将它的原则与自己的教义
　作过比较之后，他才会决定
以后是否要再来看望我们。（一尘不染，
　没有随意摆放的东西，这样的房间

令我不寒而栗，于是杯碟用作了烟缸
　或印上了润唇膏：我会产生好感的
那些人家虽不见得很富裕，却总是
　传递了一种感觉，账单会及时结清

支票也不会被拒付。）此时此刻

并没有**我们**，只有**我**与**汝**，
来自两个本没有交集的新教地区：
因此，一间房间会显得太小，

倘若它的住户随时记得他们已告别了
单身生活，也会显得太大
倘若他们吵架的时候以此为借口
扯高了嗓门。夏洛克·福尔摩斯，

能否推断出什么东西正考验着我们？
显然，我们这一代人拥有某种
落座为安的文化，更喜欢舒舒服服地
（或是被迫如此）

发号施令，宁愿屁股歪斜着
缩在一张装了软垫的椅子里，
也不愿坐在奴隶的结实背脊上：瞄一眼

---

[1] 《栖居地的感恩》组诗第十二首。这首诗描述的起居室，是最能体现奥登与切斯特长期维持的柏拉图式恋情的场所。他俩相识于 1939 年 4 月，旋即坠入爱河。一年以后，切斯特心猿意马，撇开奥登出去寻欢。在经历了切斯特之背叛、失恋之绝望的短暂的几个月之后，奥登与切斯特达成了共识：他俩仍然维持密友关系，但绝不再发生肉体关系，切斯特可以自己寻找性伴侣。从此之后，起居室就成了他俩交流和畅谈的亲密场所，于是便有了属于他俩的“平凡生活”。

藏书的标题，他就会知道我们属于

知识阶层，还会花很多时间满足我们的
口腹之欲。可是，他是否能够理解
我们那些祈祷和玩笑话的本意？哪些生物
最让我们害怕？哪些人的名字

会排在头几名，我们最不情愿
与之同床共枕？很明显，
起初是因为孤独、欲望与野心
或仅仅为了图个方便，

独立的生命个体才住到一起，
而他们分手或相互折磨的原因
也十分清楚：他们怎样才能创造出
一个共有的世界，恰如蓬贝利[1]那些

并不存在但又有用的数字，迄今为止
还没有人作出解释。尽管如此，
他们还是原谅了难以容忍的行为，

---

[1] 拉法耶尔·蓬贝利(1526—1572)是文艺复兴时期的工程师和数学家，他的《代数学》一书讨论了负数的平方根(虚数)。

经由某种奇迹，还能忍受

谈话时的口头禅和幼稚习惯，而没有
皱紧了眉头（倘若你即将死去，
我会想念你这个表情）。真是奇怪，
我们既没有不小心把关系弄糟，

也没有像很多人那样，悄然消失在
历史的无谓喧嚣中
身后无人来哀悼，二十四年之后[1]，
我们如同远房表兄弟，还能坐在

奥地利这边，在一幅那不勒斯圣婴像
面无表情的注视下，
表达着对斯特劳斯和斯特拉文斯基的敬意，
一边做着英国的纵横字谜，

这确实异乎寻常。我很高兴造这间屋子的人
为我们这间公共休息室装上了小窗户，
外面的人透过它看不到我们，我们却能看到他们：

[1] 奥登创作此诗时，已经与切斯特相处了二十四年。

每一个家都应该是一座堡垒，

装备有全部的最新式武器
以抵御大自然的侵袭，
熟谙所有的古老魔法，精通降伏黑魔王[1]
和他那些饥不择食的

喀迈拉的本领。（任一个粗鲁汉
都能在商店里买到一台机器，
而对良善者来说神圣咒语仍然神秘难解，
倘若那力量符合我们的期望，它们

反而会无效。）不管怎样，食人魔都会现身：
一如乔伊斯对我们发出的警示[2]。我们行斋戒
也举办宴会，不过我们都明白：没有了灵魂
就形同死亡，而不能读与写的

生活意味着极度糟糕的个人品位，

---

[1] “黑魔王”是英国作家托尔金的史诗式奇幻小说《魔戒》中的反派人物索伦的称号。

[2] 这句话出自乔伊斯写给哈莉特·肖·威弗（1876—1961，政治活动家、杂志编辑，也是乔伊斯的赞助人）的一封信：“我知道，这只是一场游戏，一种我已学会按照自己的方式去玩的游戏，孩子们可能不会这么玩，不管怎样，食人魔都会现身。”

总是这样，虽然真理和爱
永远不会产生分歧，当它们看似起了争执，
委屈忍让的那个应该所言不虚。

或于 1963 年 7 月

# 巡回演讲[1]

同机的越洋旅客，在世俗
又自负的旅程中怅然若失，
有的去马萨诸塞、密歇根，
有的去迈阿密或洛杉矶，

我所乘坐的这架航空载具
预定将连夜起飞，以便能满足
“哥伦比亚—吉森”代理机构
那不可理解的行程进度，

经由他们的推选提供担保，
我才得以将缪斯的福音
带给基本教义派信徒[2]、修女、
异教徒还有犹太社群，

而一周以来，每一天都如此，

对一个地方还没怎么熟悉，
由喷气机或螺旋桨飞机所驱动
就得从这个演讲场所赶赴另一个。

虽然所到之处都对我热情相迎，
但如此频繁、快速地转换场地，
现在连我自己也说不准
前天晚上曾到过哪里，

除非某个异常事件介入
才能挽救此类场面，
一句傻头傻脑的评论。
一张勾魂摄魄的脸，

或是幸运的相遇，欢聚一堂，

---

[1] 这首诗创作于奥登的第一次巡回演讲之后，由“哥伦比亚—吉森”代理机构组办。奥登后来对采访者说，此次巡回演讲的行程格外紧张，几乎每晚都是在不同的城市度过的，以至于他都不知道该如何保持衬衣的整洁了。晚年奥登还有多次巡回演讲的经历，理由竟然是觉得自己缺钱。而事实上，奥登的版税收入和文学奖金足以让他维持很好的生活了，只不过年轻时捉襟见肘的资金问题让他养成了些许吝啬的金钱观念，很难在钱财问题上彻底安心。

[2] 原文为“Fundamentalism”，也译为“基要主义”或“基要派”，源于美国长老会，代表了基督教从十九世纪末开始的一个保守思潮，反对自由主义神学及历史批判学，主张以字面的、传统的方式理解《圣经》，接受传统的基督教教义。

在吉森的行程表中并未安排，
这边，有人读托尔金上了瘾，那里，
有人表示对查尔斯·威廉斯不胜喜爱。

既然功名利禄只是堆粪土，
我也就毫无惧意地登上了讲坛：
说实在的，这真的很讨厌
若问我出场费是否付得很高。

心灵毫无疑虑，总乐意
重复同样的老套演说，
而身体已开始想念
我们在纽约的温暖小窝。

人到了郁闷的五十六岁，
会觉得改变吃饭时间极其痛苦，
脾气会变得古怪偏执，
对豪华宾馆心生抵触。

《圣经》是一本很好看的书，
我总是会饶有兴味地研读，

但看到希尔顿那本《宾至如归》[1]，
同样的话我真的说不出。

我也不能心平气和地忍受，
当车里的学生开着收音机
听早餐背景音乐，或是在酒吧里
看见女孩子演奏风琴，噢，我的上帝！

最糟糕的，是随后的焦虑念头，
每次当我坐的飞机开始滑降，
“禁止吸烟”的指示灯亮起，
就会想：那里的酒怎么样？

这就是我必须适应的周边环境
多么格雷厄姆，格林[2]！多么有失身份！
马上从我的包里掏出一瓶酒，
喝一大口，来提提神？

又一个早晨已来临：

---

[1] 这是希尔顿饭店连锁企业的创始人康拉德·希尔顿所写的自传，出版于1957年。
[2] 格雷厄姆·格林（Graham Greene，1904—1991）是英国作家、文学评论家。

当飞机舷窗外的屋顶渐渐缩小，
我明白，这一群听众
我再也无缘见到。

上帝保佑他们好运永随，
虽然我已记不住他们的脸：
上帝保佑美国，如此广袤，
如此友好，还如此有钱。

1963 年 6 月

## 社交聚会

不押韵，无节奏，闲聊在继续：
可谁也不会觉得自己言语无趣。

在聒噪谈论的每一个话题之后
相互猜疑是固定的低音变奏[1]。

往来穿梭的时髦名字如果被破译，
传递出的常常是悲哀的讯息。

你无法读懂我如一本打开的书。

你观察到的远非我的真实面目。

没有人想听我的这支小曲么？

也许我在你身边待不了很长时间。

为获得认可而放声大笑，因害怕而尖叫，
声音摇撼着拥挤的公寓楼，但每一只耳朵
都有各自的听力范围，所以没有人会听到。

或于 1963 年

[1] “ground bass”是一个音乐术语，指基础低音、固定低音；通过低音部不断重复一些短小的主题动机或重复一个固定旋律，即是固定低音变奏。

## “现代物理学童指南”读后感[1]

假如一个顶尖物理学家
只知道实存为真，那么，
对所有的芸芸众生而言，
虽然我们的日常世界容纳了
如许多的徒劳和污垢，
我们却比庞大星云
或我们脑袋里的原子
过得更快活。

婚姻很少会幸福圆满，
可是，当无数粒子
以每秒数千英里的速度
散布于整个宇宙，
情况肯定会更糟。
在此空间维度中，
恋人的吻既不会被感知

也不能打动爱人的心。

而我凝视着的这张脸孔
剃去胡子时显得有些无情，
只因年复一年，它让一个
衰老的求爱者渐生反感，
感谢上帝，它应有的
各个部件足够齐全，
还没有像一锅烂粥
泼洒到别的什么地方。

我们的眼睛很喜欢猜想，
以为自己所住的地方都有
一个以地球为中心的景观，
而建筑师们也会围合出

---

[1] 奥登所读的“现代物理学童指南”，其实是指俄裔美国物理学家乔治·伽莫夫(George Gamow，1904—1968)的《汤普金斯先生身历奇境》(*Mr Tompkins in Wonderland*，1940)和《汤普金斯先生探索原子世界》(*Mr Tompkins Exploresthe Atom*，1945)。伽莫夫除了在物理学上有突出贡献以外，还是一位杰出的科普作家，他以汤普金斯先生(一位只知数字而不懂科学的银行职员)通过聆听科学讲座和梦游物理奇境的故事，深入浅出地介绍物理学知识。

一个僻静的欧几里得空间[1]：
被戳穿的神话——可是
谁会感觉自在，当跨坐在
一个无限拉宽的马鞍上？

人类对于发现过程
所投入的这份热情
是个无可置疑的事实，
但我会感觉分外高兴，
倘若我能更明确地了解
我们探求知识的意图目的，
也会觉得更加踏实，
若能随意选择知或不知。

看来，一切早已选定[2]，
无论我们是否关注
极端尺度的事物，
事实上我们已变成某种

[1] 古希腊数学家欧几里得建立了角和空间中距离之间联系的法则，现称为欧几里得几何。包括分析三维物体的“立体几何”，他所描述的这些数学空间可以被扩展来应用于任何有限维度，这种空间就叫做“n 维欧几里得空间”（简称“n 维空间”）。
[2] 意思是说，人类的命运已由他（她）在伊甸园里的选择所决定。

中等尺寸的平庸生物，
不管让自然界带上政治色彩
是否很明智，仍有某些东西
我们必须去学习。

1961 年

# 1964 年耶稣升天节[1]

这一年的新绿
无声地、一点点地
向北方推进：

但还是稍晚于节令，
因为栗树的枝杈
仍未恢复生机。

但今天的气氛
很鼓舞人心，
果农们的衣衫

或单纯的白，
或挑衅似的粉色，
背景是一片恣肆的蓝。

一只布谷鸟陶醉于自己某句
精彩评论，不停重复着；
感觉颇为自得，

某条备用的高负载馈电线
送来了
一支优美的歌。

生活满足于
它们的生态区位[2]
和相关对象，

无法辨别
何为暴风雨前的平静、
何为大屠杀后的死寂。

如同士兵与恋人，
他们的感情没那么复杂：
我们的节庆对他们意味着什么？

---

[1] 耶稣升天节是在复活节后第四十天，英国有时称作“Holy Thursday”。
[2] “生态区位”对应的原文“ecological niche”，又称小生境或是生态龛位，表示生态系统中每种生物生存所必需的生态环境的最小阈值，包含区域范围和生物本身在生态系统中的功能与作用。

这个星期四，当我们
必须完成一整套
告别的仪式程序，

我们当然知道，
此刻的言辞、目光和拥抱
都不可更改。

因为我们愿意相信，
离别自会到来
未来喜乐的

允诺也会得以信守，
而缺席会造成
持续的实际损失：

此后恒久不变，
这一点众所周知，
只因每个人的心中

都有一个阴郁的昆德丽[1]，
面对任何受难的场景
都会忍不住咯咯傻笑。

1964 年 5 月

[1] 昆德丽是瓦格纳最后一部歌剧《帕西法尔》（*Parsifal*）中一个亦邪亦善的女性角色，外表疯疯癫癫；当年耶稣基督背负十字架时，昆德丽非但不同情，反加以嘲笑；她因为没有同情心而落入了苦难轮回，其后不断想做善事以弥补过去的罪行，却随时会被黑暗势力诱惑而做坏事。

# 祝酒辞[1]

（牛津大学基督学院招待会，1960 年）

一个人逢到招待会这种场合
　究竟该说些什么话？
哎，既然我不可以插科打诨，
　除了怀旧还有什么办法？
戴着眼镜，镶了假牙，已人到中年
　（施特劳斯有部歌剧[2]写过这题材）
我会杜绝罗曼蒂克的冒险，
　但不会终止对学院的爱。[3]

呀！我二十岁之前的二十年代，
　那时的新闻一点也不乏味平淡，
厨师有足够多的下属可以指派，
　我们可以在寝室里吃午饭。
帕克沃特方庭有很多美妙的聚会
　供应松鸡肉、白兰地和香槟，
而书呆子会和运动家斗嘴：

之后在学院的那几年都很开心。

没有人会想起要去服兵役，
　　及格过关感觉是很笃定的事，
我们的马甲是双排扣式，
　　我们的法兰绒裤看着像裙子。
在社团你每天都会碰到哈罗德·阿克顿[4]、
　　汤姆·德里伯格[5]或洛维斯[6]：
总会有一些相当古怪的人
　　为学院增添多样化的特质。

克拉伦登街已非旧貌——很遗憾——
　　乔治街很多店铺关门，已被遗忘；[7]

---

[1] 《题赠诗(外十一首)》第一首。

[2] 应是指约翰·施特劳斯的歌剧《蝙蝠》，其中有一首女高音唱段《笑之歌》："快举起长柄眼镜，啊，来欣赏我这绝妙风韵。"

[3] 1925年，十八岁的奥登入读牛津大学基督学院，获得了生物学奖学金，但第二年就转到了英语语言文学系。

[4] 哈罗德·阿克顿(1904—1994)是英国诗人、作家、历史学家、翻译家，1932年至1939年在中国，长期任教于北大，与很多中国诗人、作家、演员过从甚密，他在1970年出版的自传《唯美者回忆录》(*Memoirs of an Aesthete*)中追忆了很多当时的情形；1936年他与学生陈世骧合作翻译出版了中国现代诗的第一本英译本。

[5] 汤姆·德里伯格(1905—1976)是英国记者、政治家，在二战中和战后很多年里一直是活跃的左翼政治活动家。

[6] 阿尔弗莱德·莱斯利·洛维斯(1903—1997)是英国历史学家和诗人，还是莎士比亚学者，出版过一部莎翁传记。

[7] 克拉伦登街和乔治街都是牛津的街道，克拉伦登街上的克拉伦登大楼是牛津大学出版社所在地；乔治街开有很多店铺。

有些改变完全在所难免，
　　但伍尔沃斯[1]很可能不是这样。
大草坪，只有好学生、情侣和奶牛们
　　才会经常光顾这个地点：
得上帝襄助，我们还不至于发疯
　　没打算修一条路直穿学院。

所有希望我们学院运行良好的人们
　　都会希望她的财政保持稳定；
但愿财神爷[2]会预先提示理财窍门，
　　什么东西该卖出，什么该买进，
如是，她的收入进项所仰赖的
　　总投资金额或会令人惊叹：
但愿她变得越来越有钱，
　　意外之财纷纷涌入学院。

愿上帝保佑诸位远离争吵，
　　院长、全体教职人员和邓[3]，

[1] 伍尔沃斯是英国的一家老牌连锁百货店。
[2] 指《圣经 · 新约》里象征物质财富或贪婪的玛蒙神。
[3] 即罗伯特 · 汉密尔顿 · 邓达斯（Robert Hamilton Dundas），长期从事基督学院的辅导员工作，退休后留在学院里学习。

罗伊、胡克、利特尔以及我[1]
　会看护好我们的德行履行职分。
愿那些来年十月将要入学的新生
　都很出色，灵敏又机智：
而现在，尽管已有点半醉微醺，
　——我要为学院呈上这篇祝酒辞！

或于 1958 年[2]

[1] 罗伊(Roy Harrod)是基督学院教员公共休息室的图书馆馆长；胡克(Denys Hill，绰号“Hooky”)是教员公共休息室的管理员；利特尔(Cyril Little)是教员公共休息室的主管。这三位连同奥登负责本次招待会的娱乐项目。
[2] 从 1956 年到 1961 年，奥登被聘为牛津大学基督学院的诗歌教授，每年只需做为期一个月的三个讲座。值得注意的是，这首诗原本是为 1958 年的一次招待会所写，但奥登可能因故未能参加，所以时隔两年后才有用武之地。

## 致一位语言学者的短颂歌[1]

（1962）

语言是思想的母亲，而不是其侍女。

——卡尔·克劳斯[2]

必然性不依赖言语。即便
莎士比亚也不能声称
自己说出的话如同弗里希[3]会跳芭蕾的蜜蜂
传递的关键指令一样完美，
而世间的少男少女，也不会像画眉鸟般
因五朔节[4]的到来而变得直言不讳：
尖叫声会无法控制，打呵欠会显得无礼，
你不得不请求原谅，而随意的言语
是一种同义反复。

有人郑重其事地问候早安，这表明他
既不是拿破仑也不是
拿破仑的厨子，而一个新入行的作家
生来就做好了准备，要为他

编不好一个故事承担相应的责任，
但他必须交由其他人去分辨，不管他们抱有
何种偏见。一味攀附上流社会的人不敢招致非议，
而一个话痨却有这个胆量：实话实说的时候
也会展开切实的行动。

若不是这样，还有超越国界的巴别塔，
在那里，最具破坏性的
是卫生措施和充满诚信的[5]
股票经纪人，对好大喜功的先生们来说，
在充满噪音的地方就要去雇用
代言的喉舌，这些家伙的使命就是强迫我们
去关注：在空白时段花些钱，打上泛光，连线通话，
报纸的通栏标题会提供担保，
而掌声会预先录制。

---

[1] 《题赠诗(外十一首)》第二首。这首诗的致敬对象就是作为语言学家的J. R. R. 托尔金。奥登认为，健康的社会依赖于健康的语言，因为语言是表达自由意志的首要工具。

[2] 卡尔·克劳斯(1874—1940)是二十世纪著名的奥地利作家，他是记者、讽刺作家、诗人、剧作家、格言作家、语言与文化评论家。

[3] 卡尔·冯·弗里希(1886—1982)是奥地利生物学家，因对蜜蜂的行为研究的贡献，获得了1973年诺贝尔医学和生理学奖。

[4] 五朔节是欧洲传统民间节日，用以祭祀树神、谷物神，庆祝农业收获及春天的来临，每年5月1日举行；在英国，人们通常会在家门前插上一根青树枝或栽一棵幼树，并用花冠、花束装饰起来。

[5] 奥登在1963年1月对托尔金说，他确实听过电台广告用“integrity-ridden”(充满诚信的)来形容投资机构。这在奥登看来是滥用语言，他后来谈到语言的堕落问题时，经常会举到这个例子。

而语言学这位贵妇仍是我们的女王，
很快就会让热爱真理的心灵
在他们的母语里得到抚慰(为报道这些奇迹，
她已在联合王国的《牛津英语词典》[1]效力，
用去了洋洋洒洒的十四卷)：
**她**决不容忍邪恶，而政治家仍会这么做，
于是**她**出面阻止，达成了一个协议，
一个穷苦百姓也能准确说出
他养的猫儿的名字。

英雄在死后才会不朽：
语言亦复如此。
而一首用贝奥武甫的语言写出的叙事诗[2]也会

---

[1] 一战结束后，托尔金的第一份工作就是编纂《牛津英语词典》，主要负责字母W开头的日耳曼语来源的词汇，考察其历史和语源。

[2] 早在1914年夏天，托尔金就读过《盎格鲁-撒克逊诗集汇编》(*Bibliothek Der Angelsachsischen Poesie*)，对此充满了想象和期待：“如果我能从古英语的角度，一瞥这些单词的背后，就会看到极为神秘、优美的事物在遥远的天际向我招手；它们很有可能来自某个更为古老的世界，我认为这种揣摩，并非是一种不敬。”(引自臧舟壑的专文《魔戒三柱：语言、神话与战争》)另外，托尔金于1936年还曾做过名为《贝奥武甫：怪物及其评论》的专题讲座，对此后的贝奥武甫研究产生了持续影响。他还撰写了很多评论文章，对这部古英语叙事诗给予了极高评价和肯定——“《贝奥武甫》是我最有价值的素材来源之一”，这一点在他此后创作的《中土传奇故事》和《魔戒》系列奇幻小说中非常明显。2003年，人们在牛津大学波德里安图书馆的档案中发现了托尔金为《贝奥武甫》所做翻译和评论的手稿，数量有近两千页之多。而奥登自己对《贝奥武甫》也有深刻记忆，他在写给以前的牛津教授的信中曾回忆说：“我从没告诉你，当我还是个学生时，听你朗诵《贝奥武甫》是多么难忘的经历。这就是甘道夫的声音啊。”

被人传唱，

对年轻人来说，或许

没有怪物和血腥杀戮可资谈论

会觉得脸上无光，而对那些已学会希望的人们来说

无法领略它的美才是一种耻辱：我们中许多人都会感激

J. R. R. 托尔金，作为一个诗人

他为盎格鲁-撒克逊世界做了件了不起的事。[1]

或于 1961 年 4 月

[1] 英国《卫报》不久前披露了托尔金 1955 年写给出版商雷纳 · 尤恩的一封信，他在信中用大篇幅讲述了创作《魔戒》第三卷《王者归来》的困难，也提到奥登曾奉劝他放弃《魔戒》中阿拉贡与阿尔温之间的“不必要且草率”的爱情；托尔金语调有些遗憾，说他希望“北欧萨迦传说的部分能消除他的顾虑。我仍然觉得它有动人之处：一则关于不加掩饰的希望的寓言。我希望你也有同样的感受”。

# 悼 J. F. 肯尼迪[1]

（1963 年 11 月 22 日）

为何是在那时，为何是在那里，
为何会这样，我们大声问，他死了么？
天空一片死寂。

他的过往种种，已成过去：
他命中注定所投身的事业
尚有赖于我们。

请记住他的死，
我们选择怎样的生活方式
将决定死之意义。

当一个正直的人死去
请为之悲悼并赞美，
哀与乐，本是一回事。

1964 年 2 月

[1] 《题赠诗（外十一首）》第三首。美国总统约翰·肯尼迪于1963年遇刺身亡，奥登写下了这首悼亡诗，交由作曲家伊格尔·斯特拉文斯基谱成曲。

# 挽歌[1]

（悼念艾玛·艾尔曼[2]，逝世于
1967 年 11 月 4 日）

亲爱的艾玛夫人
哎呀，你做了件什么事？
你总是如此诚心诚意
为我们提供舒适便利，
哦，你怎能就此撒手离去，

你好像还不知道，
在这个放任不羁的年代
嫉妒是如此地普遍，
再找一个女管家
要比换个爱人还难，

而我们在数千英里之外
闻听你的噩耗，
没有一个人留在那里，
在严冬即将到来之际

去修剪一株移栽植物。

你是个好女巫，
你肯定会预见到，你的死
对于你和我们养的猫来说
意味着悲惨的命运：
所有东西都不得不放弃。

你和这栋屋宅相伴生活，
还有你的哥哥约瑟夫，
当捷克人逮住机会要横，
苏台德的德国人
都成了无家可归的贫民：[3]

可灾难并没有将你

---

[1] 《题赠诗（外十一首）》第八首。
[2] 奥登购置了奥地利的乡舍基希施泰腾后，继续雇用了前户主的管家艾玛·艾尔曼和园丁约瑟夫·艾尔曼。这对从捷克斯洛伐克避难于此的兄妹过得非常清贫，善良的奥登不但付给他们远高于市场价的薪水，还主动给他们的住所安装了冷热水等生活设施，改善他们的生活。奥登还注意到，这对兄妹可能存在着乱伦关系，战乱和流亡让他俩紧紧相依在一起。不幸的是，艾玛·艾尔曼在 1967 年 11 月 4 日逝于心脏病发作，这让奥登和卡尔曼的奥地利生活一度陷入了困境。
[3] 指当年捷克斯洛伐克北部边境的苏台德山脉地区，一战前居住着三百余万说德语的德意志人，一战后划入捷克；1938 年慕尼黑会议后，捷克被迫将它割让给纳粹德国；1945 年德国战败，该地区重归捷克斯洛伐克，大多数德意志人都被驱逐出境。

带入现代生活，
你是旧世界的产物，
从不认为服侍主人
是一件可耻的事。

我们这两个新世界的孩子，
不得不学着按老规矩来过活，
我们被照顾得妥妥帖帖，
一举一动都逃不过
你忠诚而挑剔的眼睛。

一开始，我以为你会喜欢
我们的做派。可到最后
你推定所有敲门的访客
都带有某种恶意
（有时你判断得挺正确）。

当客人到了这里，
总会担心地问一句：
你是不是不欢迎？
希腊人被你指责为流氓无赖，
而所有的青少年都是罪犯。

你这个人也从来不会
收敛自己的脾气：
年轻人摘颗水果、采朵花，
你就会冲出来，抡圆了胳膊，
以德国农民的方式

朝着无意破坏的、吓呆了的
美国人大声骂粗话。
而在他们走掉后，
你一连好几天
都会对我们生闷气。

可若是心情大好，你害羞地
咧嘴笑的时候是多么迷人，
你对猫儿说话总轻声细气：
不不，艾玛夫人，亲爱的怪人，
我们对你会永远充满感激。

在约瑟夫死后
（兄妹俩的共同生活
也会像婚姻一样关系紧密），
你整个人变得意志消沉，

只想尽快步他后尘而去。

这十年，你定会细细回想，
暂留此世的我们也会久久回味，
记忆的细节如此清晰，
我们感到十分地讶异：
你这个好人，请安息。

1968 年 6 月

## 一幅镶嵌画:致玛丽安·摩尔[1]

（适逢她八十岁生日，1967 年 11 月 15 日）

个人喜好的结论性花园
是被施了魔法的栖息地，在那儿，
真实的蟾蜍可以捕获假想的苍蝇[2]，
里面的气候也会让老虎和北极熊
感觉适宜。

所以，在你的花园里(一个颇通人情、
可以坐下的地方)我们看到你
戴着宽边帽坐在了一棵南美杉下面，
你思考着脚跟前的野兽，
不时为我们逗弄着它们。

你的狮子长着金爪菊花似的头颅，
你的跳鼠，支着它
奇彭代尔式[3]的后爪直立着，
你的鹈鹕像烧焦的纸一样皱缩起来，

你的麝牛[4]闻起来有股水渍味儿，

你钟爱的鹦鹉螺应付着让它们惊奇的事物，[5]
用中西部的口音[6]招呼着陌生人，
即便是那种行动并不笨拙的笨蛋
一定也会来花园拜谒，常常
落得徒劳哀叹。

他自我中心又古怪，会给一只猫

[1]《题赠诗(外十一首)》第九首。玛丽安·摩尔(1887—1972)是美国在二十世纪很重要的一位女诗人，1952年获普利策诗歌奖；奥登移居纽约后，与玛丽安成为好友；二战结束后，庞德入狱，他们三人之间保持了密切的通信；奥登的《焦虑年代》出版后，玛丽安·摩尔曾褒扬说："我们在奥登的诗作里看到了一个节奏和语调的天才音乐家，从不会沉闷无趣，事实上，他是个魔术师，对乐感有一种与生俱来的热情。"奥登常在纽约寓所举办生日聚会，玛丽安总会出席，安静地坐在客厅沙发上。而奥登定居美国后，也曾尝试学习玛丽安·摩尔式的自由音节诗的特色，这首献诗便带有这样的致敬的痕迹，但看得出，奥登还是颇费斟酌地设置了自我特色的音节回旋。

[2] 奥登在此借用了玛丽安·摩尔的诗歌观，她认为诗歌是"一座假想的花园，里面会有真实的癞蛤蟆"。

[3] 指十八世纪英国的家具样式，以英国家具设计师托马斯·奇彭代尔(1718—1779)的名字来命名。

[4] 北美洲北极区内的一种体大迟笨的反刍动物。

[5] 玛丽安·摩尔早年对生物学有着浓厚兴趣，对形态复杂的动物的爱好，最终发展出她诗歌中独特而精确的博物志风格；鹦鹉螺和上节提到的动物常在她的诗歌中出现，起到了托物讽喻的主题烘托作用；其中一首题为《纸鹦鹉螺》的诗是她的名作。

[6] 玛丽安·摩尔出生于美国中西部密苏里州的柯克伍德城。

取名叫“彼得”，将一辆新车叫做“艾德瑟尔”[1]，
会显摆自己和其他一些人的生日，且认为
理所应当，就像今天我们也会加重语气
念出你的名字，玛丽安·摩尔小姐，

你是个挑剔的人，但毫无偏私，
碰到那些蓄意生事的家伙，也不觉得
受到冒犯，你会恳请眼镜蛇的原谅，
你总是很守时，写信时从来不会
把 error 这个词连写四个“r”。

而你的诗，如从瑞典辗转运来的美丽海豚，
我们正确的致谢方式应是高分贝的
齐声喝彩：如此评说都嫌太过克制——
“它呈现的一切何其美妙，

---

[1]“艾德瑟尔”(Edsel)是福特汽车公司在 1958 年至 1960 年推出的一款失败的新车型。它的品牌得名可谓历经波折：起初就取名“艾德瑟尔”，因为它是公司创始人亨利·福特的儿子艾德瑟尔·福特的名字，但福特家族的人都不喜欢，于是公司雇了广告公司；1955 年 10 月这家公司的市场调查总监找到玛丽安·摩尔让她出出主意，她给出了很多有创意的名字：“福特银剑”(The Ford Silver Sword)、“雷鸟爱丽丝”(Thunderbird Alice)、“飓风天鹰”(Hurricane Aquila)、“智慧鲸鱼”(Intelligent Whale)、“蜡笔豆豆”(Pastelogram)、“城市猫鼬”(Mongoose Civique)等，其中，她个人觉得最好的名字是“丛林”(Chaparral)、“燕子”(Hirundo)、“领先者”(Anticipator)、“南美雀”(Turcotinga)；到年底，她又补上了一个新名字：“梦幻龟甲”(Utopian Turtletop)；可惜福特公司领导层举棋不定，最终还是选了“艾德瑟尔”。

笔法完善，毫无瑕疵。”

1967 年 8 月

## 祝酒辞[1]

（致威廉·燕卜荪[2]，适逢他 1971 年荣休）

出于对你迷人诗歌的报复心理，
每回经过设菲尔德时，一开始我总会想
是不是要写首《给燕卜荪的一击》[3]，
　　可最终什么都没有发生。

我所能挑剔的是这个观点，当你声称弥尔顿的
上帝和言语啰嗦、古怪万端的奥林匹亚诸神
与我们的基督教同出一源。可是，你不是已经
　　对爱丽丝[4]做了深思研读么？

好嗓子总是难得，具备绝对音感[5]的歌手
更属稀有：假若格雷夫斯[6]是对的，假若
在剑桥音调定得稍许偏高，那么，
　　在牛津可能就有点偏平。[7]

谢天谢地，我们的文字游戏殊途各异，而时间

却让我们彼此相连[8]：在一个壁炉常开、有保姆照顾、

拒绝电视而汽车看上去很少使用的世界里面，

我们都得学习个人生活的应对之道。

单单祝你长寿显得不够热情(愿你离去的时间

不会早于你心中所愿)：而我，亲爱的比尔[9]，

---

[1] 《题赠诗(外十一首)》第十一首。

[2] 威廉·燕卜荪(1906—1984)是英国诗人、著名文学批评家。1937年至1939年，燕卜荪先后在长沙临时大学和昆明西南联合大学任教，他讲授的英国诗歌课程对现代主义在中国二十世纪四十年代的兴起影响巨大；1947年，燕卜荪复来北大，至1952年回国，此后在英美多间大学任教；1971年，燕卜荪在设菲尔德大学退休。关于奥登与燕卜荪的交往，有件事情值得一提：1939年，燕卜荪途经美国洛杉矶回国时遭遇抢劫，获悉此事的奥登慷慨资助他购买返程船票；燕卜荪很快就筹到钱归还奥登了，但始终铭记奥登的善心，他后来回忆说奥登此举“可谓高尚”。

[3] 奥登此处颇有戏谑意味，因为燕卜荪曾作诗《给奥登的一击》(Just A Smack at Auden)，发表在D. 罗伯特和G. 格里格森主编的《年度诗歌：1938》上。

[4] 指刘易斯·卡罗尔(Lewis Carroll，1832—1898)创作的儿童文学经典作品《爱丽丝镜中奇遇》、《爱丽丝漫游奇境》；卡罗尔本身是数学家，在小说、诗歌、逻辑学等方面亦有极深造诣；和奥登一样，他也毕业于牛津大学基督学院。

[5] “绝对音感”是个音乐术语，通常指在没有基准音的前提下，听到某个频率的音高就能分辨音程和和弦的特殊能力。这里是譬喻对诗歌乐律的特殊才能。

[6] 指罗伯特·格雷夫斯(1895—1985)，英国诗人、小说家、评论家，因发表战争回忆录《向一切告别》(1929)而成名，其历史小说和传奇小说有《克劳狄乌斯自传》(1934)、《克劳狄乌斯封神记》(1934)、《白色女神》(1947)、《荷马之女》(1955)等；写爱情诗，对希腊和希伯来神话也有研究。1961年至1966年任牛津大学诗学教授。是奥登和燕卜荪共同的文学友人。

[7] 燕卜荪早年就读于剑桥大学，奥登则出自牛津大学。

[8] 燕卜荪只比奥登年长四个多月。

[9] “比尔”(Bill)是“威廉”(William)的昵称。

亲爱的咬文嚼字的同伴，在你往后的每个假期
都会欣然微笑。

1971 年 9 月

## 自此过后

十二月中旬的一天，
我正煎着香肠，
突然发觉
手指底下触到了
方向盘的外缘，
人也年轻了三十岁，
那是八月的正午，
干热的风拂上面颊，
你是我身边的乘客，
依然旧日的模样。[1]

颠簸着驶入一个
连片菜畦的冲积平原，
我们在白色烟尘里疾驰，
当汽车擦身而过
路边的鹅惊叫奔逃，

因为东面的山岭
体量渐渐地阔大
于是选了条捷径，
愉快地确信，入晚后
会有另一番喜乐光景。

确实愉快。我们在一间
铺着石板的厨房里
吃到了烤鳟鱼和臭奶酪：
傍着柴火聊了会天，
之后拿着蜡烛，爬上了
陡峭的楼梯。当下一番云雨：
如海尔赛妮[2]般辛福安宁，
我们很快就睡着，
伴着山谷溪河
缓急不定的流水声。

自此过后，另一些迷醉时刻

---

[1] 奥登在这首诗中回忆了1934年夏天与两位少年(道恩斯中学的迈克尔·耶茨和彼得·罗杰)驱车周游欧洲的经历。据说，奥登彼时与彼得·罗杰关系暧昧。

[2] 希腊神话中，海尔赛妮是风神之女，听闻丈夫遭遇海难后投海自尽，两人双双变为了神翠鸟。这里奥登将名词用作了动词。

闪耀过后也已消逝，
敌人变换了地址，
而战争丑化了
不计其数的
陌生邻居，在他们眼中
如我们这样已属稀罕：
而你的形象
并未变得模糊不清，大地
仍会为它感到惊奇。

因此，此刻正在乡下一间
整洁厨房里悠闲度日的我
还有什么好抱怨的？
孤独？废话！能看到
真实的人、真实的风景
表明我已足够合群，
有了它们善意的认可
至少我还能学着过日子，
身体开始发福
还有了点小名声。

1965 年 1 月

## 鸟类的语言

鸟儿此起彼伏地啁啾啼鸣，
　　我试着一一辨听，
突然意识到，这喧闹声里
　　表露了某种惧意。

其中一些声音，我确信
　　必是代表了愤怒、虚张声势和欲望，
不过，其他鸟儿所用的调子
　　听上去都像是欢乐的同义词。

1967 年 5 月

# 时令[1]

春天，夏天与秋天：这些时日可去观看
一个先于我们认知的世界，繁花以气味和色彩
切实思考着，而各处的野兽都同样年纪，
在同一等级的行为中遵循了默默行于大地的
生活方式，因此，它们对于人类自我神化的图谋
并不能起到什么辅助作用。

所有生命都内置了一个节拍器：于是，五月里
仍在鸟蛋里的雏鸟咔嗒啄击着要破壳而出！
迷人的六月，布谷鸟音调婉转；当丰美的七月
令大地变得燥热，蝰蛇解开了有毒的绳索，
开始四下里游动；经由十月寒意的提醒，
新叶替换了枯叶，带来了清新的气流。

而冬天提供了正确的时态，适于待在屋子里
作一番自我审视，或是与好友共坐面谈，

这时节，可以边阅读边思考，可以尝试
新的格律和新的莱式，也可以去回想
温暖月份里留意过的若干件事，
直至它们完成变形，汇入人类的故事。

看！大自然的伪装术顺应了我们对智力的
需求，轻松展现了富于变化的笑容，
石头和旧鞋子变得鲜活，显示了神迹，
在它们毫无知觉的第一人称的秘密仪式中
正对我们点头，它们已从具体万物的
无形的单一本源[2]带来了一个启示。

1968 年 8 月

---

［1］奥登在 1968 年 9 月 5 日写给好友 E. R. 道兹的信中附上了这首《时令》，并表示对该诗很满意。全诗运用了贺拉斯惯常使用的“asclepiadean”诗行形式，即每行诗由一个扬扬格、两个扬抑抑格以及一个抑扬格组成。
［2］指创造世间万物的上帝。

# 1968年8月[1]

食人魔自有其特殊的能力，
人类可做不出它那种事，
但有个奖项非它力所能及，
它无法掌握言辞的技艺。

逡巡在已臣服的平原，
绝望与杀戮遍布其间，
它两手按臀，昂首阔步，
唇间的涎水不停地涌出。

1968年9月

[1] 奥登在1968年9月5日写给好友E. R. 道兹的信中提到了这首诗，坦言这是对当年8月苏联军队开进捷克斯洛伐克的回应。彼时，他夏居的奥地利基希施泰腾距离两国边境仅数英里。

## 联合国赞美诗[1]

（由帕布罗·卡萨尔斯作曲）

乐手，热情地
拨动你的琴弦，
如此，我们才可以
欣快地唱出心中祈愿，
我们各自的声音
相互混合，
嬉闹地竞逐，
不是相互干扰
而是彼此共存，
只因内部有乐声
环绕的所有场域
都是神圣之地，
在那里人人皆兄弟，
不存在无名的他者。

世人定要留心言辞，

因为我们会靠它撒谎，
当我们意欲开战时
会口称和平，
而卑劣的思想
说话总那么彬彬有礼
还会虚伪地许诺。
但歌声是真实的：
愿祈求和平的音乐
成为一种范式，
因和平即意味着
适时的改变，
如同那滴答作响的
世界时钟[2]。

如此这般，
我们的人类之城
才有可能像音乐般

---

[1] 在世纪版《奥登诗选》中，这首诗是组诗《六段应约而写的歌词》(Six Commissioned Texts)的末篇，因其他五首都接近于诗剧类型，因此译者未选入。奥登在该诗结尾还加上了一段小注："最后一节里的有些句子，出自我之前为加拿大国家电影局的纪录片《奔跑者》所写的解说词。我发觉有必要再次用到它们。"奥登提到的《奔跑者》，即组诗《六段应约而写的歌词》里的第一首。此外，加拿大国家电影局成立于 1939 年，其第一任局长约翰·格里尔逊是奥登的友人，与奥登曾有过多次合作，譬如上卷的《夜邮》。

[2] 指可以同时了解全世界各个时区时间的钟表(或钟表墙)。

推进它的故事，
当前一个音符
引来了新的音符，
才会让时间的流逝
变成一股生长的力量，
直到最后达到它
可能的理想形态，
那时，即便悲伤也只是
欢乐的一种表现形式，
而命运则意味着
自由、恩典和惊奇。

1971 年 3 月

# 六十岁的开场白

（致弗里德里希·希尔[1]）

远处的高地苍翠葱茏
守林人看护着栖居的鸟群，
下方，是金色的肥沃田地：
一道拱起的山丘，一株
喜光的独自挺立的橡树。

那些长有翅翼的生灵，很容易听见
它们的动静，却很难看得分明，好动，
无意识，性情急躁，不管喜欢合群
还是偏好独居，在它们的有生之年
都会寻找食物、配偶和领地。

放射状的共和政体，固守在原地，
轴对称的君主制，不加掩饰地行动，[2]
禁欲主义者，天生就会自我监督，
三者拥有各自的仪式和事证领域，

依循肉体的法则活得都不错。

到处都有打着呵欠的年幼哺乳动物，
造出新名词，疑神又疑鬼，
引发了战争，说着俏皮话，
一种总是处于危机中的古怪生物，
而我就属于这类焦虑的物种，

纯属偶然，也是自我的选择，
每年从花蕾初绽到满目红叶的
这段时间，我这个异邦人的后代，
罗马边境外一个视野偏狭的北方之子，
就会从别的地方移居此地。[3]

我的族人曾是四处劫掠的海盗，
粗鲁、残忍，但并不工于心计，
从未齐步行进或开辟通衢大道，
更没有像元老院议员那样堕落，

---

[1] 奥登在《页边批注》里，写有一首仿弗里德里希·希尔的短诗，可参见那首诗的注释。

[2] 奥登此诗以奥地利风光开篇，这个共和制国家保留了很多传统风貌，而君主制国家英国随着工业革命的发展已经日新月异。至于“放射状”和“轴对称”的描述，可参考两国的地图。

[3] 奥登的祖先是来自北欧的海盗，这几段诗节都带有他个人的色彩。

沉迷于宏大建筑和角斗士的嗜好。

而福音已抵达了非罗马的地区。
我能翻译五座教区主堂的洋葱塔楼[1]
以巴洛克风格写出的布道文：
造出了一个人，就必须配成对，
爱实实在在，事事称心如意，

从出生到死亡，都非出于自愿，
在此宿命时程中，肉体必会堕落，
而精神却可以逆向攀升
自由地选择由死向生，
复活，然后重新开始。

我们也能理解希腊的法典：
一个可敬人物必须承认
世间万物美妙的自洽性，
必须分得清偶数和奇数，
还要为现实状况作证。

[1] 欧洲大教堂的塔楼圆顶有多种建构外观，比如洋葱形、头盔形、梨形、花苞形等。

向东，向西，自驾旅行者
在高速公路上呼啸而过，主干铁路上
一列目标长远的特快列车蜿蜒行驶，
蒙大自然恩准，即将通过一个山隘：
今天，如在石器时代一样，

我们的沙岩溪谷仍是一条重要通道。
时常被水淹没的河漫滩[1]、
位于北方的冰水沉积地区、
散布于南方的石灰岩山岭
都会阻碍探路者的通行。

走过我们身边的人，只想着滑雪坡道
或剧院的首场演出，很少会留意
我们零落散布的乡村，每逢收获季，
村里的孩子们会开着突突响的拖拉机
摇摇晃晃驶入装有风雨遮棚的小路。

此刻很安静，但也曾经领教过

---

[1] 河漫滩，又被称为泛滥平原，通常位于河流中下游，因河流堆积作用而形成的大片堆积体，是河流堆积地貌的一种；枯水季露出水面，丰水季又常被淹没。奥登在这里用到了很多地质学术语。

那些不受欢迎的访客，非法入侵，
恐慌与尖叫，战争的伤害：
突厥人曾驻扎此地，博内的军团[1]，
德国人，俄国人，他们没带来任何好事。

虽然没有灌木树篱在我看来有些古怪
（夸耀自家风光的辉格党地主
不曾统治过奥地利人的地盘），
十年过后，这片非英国的土地
已渐渐获得我的青睐，

它的名字被我添加到了索利赫尔[2]煤气厂的
神秘地图[3]里，一个患有支气管炎的孩子
曾充满敬畏地凝视这些地名：蓝萤石矿洞[4]，

[1] 拿破仑在位期间因多次发动战争，被英国报章描述为一位危险的暴君，英国人提到他时，常常称之为“博内”（原文为“Boney”，意为营养不良的皮包骨头，讽刺拿破仑的矮小身材）。
[2] 索利赫尔是英国米德兰郡西部的一个镇区，位于伯明翰市中心的西南面。奥登在《致拜伦勋爵的信》第四章（参见《奥登诗选：1927—1947》）中提到过索利赫尔的煤气厂，那是他住在索利赫尔时最喜欢的地方。
[3] 在没有写下诗行的孩童时期，奥登经常幻想自己是一个建筑师或者矿业工程师，沉浸于“构建和经营一片神圣的私人领域，该领域的最基本的要素是北方的石灰岩地貌和铅矿工业”。
[4] 蓝萤石矿洞在德比郡的卡斯尔顿。奥登儿时参观过这个矿洞。

费斯廷约格铁路[1]，赖厄德水坝[2]，
十字山，凯尔德，和锅鼻瀑布，[3]

吃午饭时，遇到件喜事或心情彻底轻松时，
常会读到那些被神圣化了的地名，
菲布尔格街和腓特烈街[4]
伊萨菲尔德，埃波梅奥，
波普拉德，巴塞尔，巴勒迪克，[5]

更具现代气息的圣地，米达街，
卡内基音乐厅和第一大道上
爱迪生公司的烟囱。[6]如何定义现在的我？
一个美国人？不，一个翻开《纽约时报》
会先看讣告栏的纽约客，

---

[1] 费斯廷约格是一段窄轨铁路，位于威尔士的格温内斯郡，如今是斯诺登尼亚国家公园的主要观光点。奥登在1914年复活节期间见过这条铁路。
[2] 赖厄德水坝在威尔士，是艾兰谷水库的一个坝区。奥登曾在1913年8月游经此地。
[3] 十字山是奔宁山脉的最高点；凯尔德是北约克郡的一个村庄；锅鼻瀑布是英格兰东北部提斯河上游的瀑布，在《新年书简》第三章（参见《奥登诗选：1927—1947》）里奥登曾写到这个地方。
[4] 这两条街位于柏林的工人区。
[5] 伊萨菲尔德是冰岛西北的一个镇；波普拉德是斯洛伐克北部的城市，是一处历史风景名胜；巴塞尔是瑞士一城市，位于德、法、瑞三国边境；巴勒迪克是法国马斯河行政区的一个市镇。
[6] 米达街位于美国纽约布鲁克林高地。1940年10月开始，奥登租住在米达街7号的大宅子里，从这儿可以看到第一大道上的爱迪生联合动力公司(Consolidated Edison Power Corporation)的烟囱。

他的梦中影像已显示了他的年龄，
醒来后，就会被激光、电脑、
自助式性爱手册、
遭窃听的电话、尖端武器系统
和恶俗笑话所包围。

一个无能为力、循规蹈矩的窝囊废
目瞪口呆地看着可悲又自负的O[1]，
这里很多人在挨饿，看上去气色很差，
而我所生活的时代，已培养出
闲暇时啃读里尔克的刑讯专家。

如今的精英人士会乘坐大型喷气机
穿越好几个时区去参加一次联席会议：
我们的牧羊人[2]既不睡觉也不拉屎，
而神志不清的首脑人物们
签署了一份份条约（带有秘密条款）。

十六岁出头的少年能理解六十岁的老人么？

[1] 指地球。
[2] 牧羊人是引领者，也可指牧师或手握权力的人。

仙钮[1]，长髯客，露天聚会，
我的野营地与他们有何相似之处？
我希望有很多。《使徒行传》已表明
在圣灵降临节，格调并不是什么问题。

人类要说话，因为人类要倾听，
对上帝造物的形象变得彼此类同的
第八日[2]，则不抱任何希望：
生命的赐予者，请为我解释，
直到我最后骨化形销之时。

1967年4月

[1] 仙钮(button)指咀嚼后能产生幻觉的仙人掌芽或仙人球花；嬉皮士常留着长胡须，故译作“长髯客”。兴奋剂、留须、露天聚会是二十世纪六七十年代年轻嬉皮士的典型作派。

[2] 一世纪初，星期天成为纪念基督复活的一个节日，被称为“主日”(Lord's Day)和安息日(Sabbath)，有相应的宗教仪式和娱乐活动，这个习俗此后几乎通行于所有的基督教地区。在早期基督教神父的著作中，星期天比照罗马的集市也被称作“第八日”。

# 谕教子书

（致菲利普·斯彭德[1]）

亲爱的菲利普，“为醉醺醺的教父们感谢上帝”，
你在我们的访客簿上如此写道，这是句恭维话。
　　而我已到了为慎重起见
　　每年需做一次例行体检的年纪，

还能为哪个基督徒的娃娃作担保?
更别提为年轻人提供一些可怕的
　　陈词滥调。在以往的年代，情况
　　可大不相同：老人们仍会有用处，

当他们能够发挥出色的想象，将未来描绘成
一道已被命名的确定性风景，他们的孩子
　　依此就可以获得同样的感受，
　　为同样的故事欢笑和哭泣。

于是善人与恶人很容易就能识别本地的

生物群落：善良即意味着鞋匠圣伊莱斯[2]

　　去照顾村里的傻子，

　　邪恶即意味着福尔克斯伯爵[3]

在他的高峻塔楼[4]里沉迷于凶险的怪癖。

这只是我的经验之谈，如你这样的孩子对那个年代

　　毫无记忆，那时人们坐火车旅行，

　　穷人各自安于现状，

财富的创造者不像今天，已变成花钱无度的

一种公害(没有人胆敢提议

　　把他们送进毒气室，但有些人

　　确实会这么做)。这一切，

我如何能跟你一下说清楚？无需我来告诉你

---

[1] 奥登的教子菲利普·斯彭德生于1943年，母亲是画家南希·斯彭德，父亲是探险家迈克尔·斯彭德(诗人斯蒂芬·斯彭德的哥哥)。菲利普曾担任非营利机构“作家与学者国际公司”和“查禁目录”的筹款人。菲利普也是“斯蒂芬·斯彭德信托基金会”的管理人。

[2] 圣伊莱斯是公元七世纪在法兰西的希腊隐士，他是残疾人、乞丐以及被社会遗弃者的主保圣人。

[3] 此邪恶伯爵当指查尔斯·约翰·福尔克斯(1868—1947)，他是英国历史学家，伦敦皇家军械博物馆的馆长，写了很多关于中世纪古兵器的著作，在英国的“美术工艺运动”中担当了重要角色。

[4] 皇家军械博物馆有伦敦、利兹、朴茨茅斯尼尔森堡三个分址，伦敦所在地就是著名的古监狱伦敦塔；此外，福尔克斯还写过一本名为《伦敦塔中的达达尼尔大炮》的书。

目前的状况：暴民政治的媒体，
　　结合了经过干燥处理的流言，
　　从不间断地加工和排放着

现今所有的丑恶秘密。明天，一个不再形成
可见影像、毫无特征又来源不明的
　　腹背之患会把我们吓得
　　屁滚尿流：倘若按照修昔底德

对“人类”的定义，该发生总会发生，
我们已自吞苦果，而一场灾祸
　　已在劫难逃，任何的粗口下流话
　　都不会延缓它的到来。做噩梦的时候

（谁没有过？）我见过恍惚真实的可恶画面：
沸腾的行为污水池[1]，快步疾走的缪斯们，
　　从受到污染的赫利孔山[2]飘来了阵阵臭气，
　　女巫们在垃圾山上安眠休息，

[1] 原文“behavioral sink”是双关，又意为“行为的沉沦”（美国行为学家约翰·卡尔霍恩于1962年提出的一个心理学术语，主要指拥挤导致的行为失常）。
[2] 赫利孔山位于希腊中部，在希腊神话中是文艺女神缪斯们的居住地。

希律王的遗传基因工程师们
受命去改造头脑简单的大众。到那时，
　　若运气好的话，有形实体的**我**
　　会变成无机物，**我**的习性被如此设定

以致无法区分光明和黑暗，还会被标以
三十美元五十美分的时价：
　　而你很可能也会面临此种境况，
　　假如你没有尽早地成熟起来。可是，

谁能发出正确的指令？当然，即便我们的
全球执政官也不行，他们说出的傲慢口号
　　就像他们含糊的句法一样
　　错漏百出：（他们会成为嘲弄的对象，

倘若比神话谱系中的远古喷火兽
更擅长拆卸的聪明的小孩子们
　　觉得为他们修造的
　　种种装置并不好玩。）

要为普天下的幸福安乐
承担起责任可不是一份好差事：

在精英的国度你们这一代人
或许会被迫选择一种

比僧侣还严格的清规戒律，一种顺服的方式，
贫穷——天呐！——也许很纯洁，可是，
在这个风吹雨打的开放世界里，
坚定的冒险精神在民间故事中预示着

危险的远征[1]。我们该为这样的旅行者写些什么?
我们可以给予他们什么样的营养品、温暖关怀
和庇护所，而这些恰好也是他们所需?
不应有任何伤风败俗或令人不快的内容：

只有那些毫发未伤、饱食终日的人才会将各各他[2]
当成语言游戏来欣赏。不应讽刺挖苦：
轻鄙嘲笑不会让撒旦自觉羞愧。
也不应粗制滥造：极其出色地

表现出妥帖和优雅，最起码

[1] 这里暗指菲利普的父亲，探险家迈克尔·斯彭德。
[2] 各各他，又称为髑髅地，是一座荒山，耶稣在此地被钉死于十字架上。参《祷告时辰·午时经》诗尾的注释。

我们还能够做到，而它的情绪基调
　　应该类同于嘉年华会。
　　让我们赞美大自然与家庭

小小的日常奇观，然后，
以亦庄亦谐的记录、以完满大结局[1]
　　来结束每一天，
　　远离水面而重生[2]。

不过，你或许会认为，诗歌就像大多数诗人
那么愚蠢，因此宁愿在康托尔[3]的逻辑乐园里嬉闹
　　来打发自己的闲暇时间，
　　要么就急切地想求解

某些棘手难题，诸如“我们能否绞死一个
并不存在的强盗”或“数字三是什么颜色”之类。
　　有何不可？所有的愉悦感受
　　都源自于上帝。既然我是你的教父，

[1] 原文“eucatastrophe”是托尔金自造的一个词，特指情节转换的戏剧性事件，主人公最后通常能获得幸福与安宁。
[2] 这里指不必如洗礼仪式那样，须借助水完成灵魂的净化作用（早期基督徒常常站在河中举行洗礼）。
[3] 这里指德国数学家格奥尔格·康托尔（1845—1918），他对数学最重要的贡献在于建立集合论和超穷数理论。

我将以几句世俗格言结束这封信：

请对你纯属多余的存在深表欣慰，

走路时请脚尖朝外，亲爱的，

还要记住你是谁。一个斯彭德。

1968年4月

## 新年贺辞

有感于玛丽·J·马普尔斯 1969 年 1 月
发表于《科学美国人》的一篇专文[1]
（致瓦西里·亚诺夫斯基[2]）

在这个依循传统
　　要盘点人生的日子里，
我向你们全体——酵母菌、细菌、
　　病毒、喜氧微生物、厌氧微生物——
致以节日的问候：
　　祝大家新年快乐，
你们看重我的外胚层[3]
　　亦如我倾慕中土[4]。

如你们这般大小的生灵，
　　我会让你们随意挑选住处，
因此，你们可以在
　　感觉最适宜的地方安家落户，
毛孔的池塘，或是腋窝
　　和胯部的热带雨林，
前臂的荒漠，或是

头皮上的荫凉树丛。

开建侨民区吧：我会提供
足够的温度和湿度
以及你们所需的皮脂和脂类，
只要你们隐去身形
永远别来打扰我，
要像好客人般守规矩，
千万不要聚众闹事，弄出个
粉刺、脚气或疖子。

我的内部气候会不会
影响你们所居住的体表？
不可预知的变化定已留下记录：
当我心血来潮
箭一般飞跑出集市，

---

［1］马普尔斯那篇文章题为《人类皮肤上的生命》，奥登这首作为回应的诗歌，发表于《科学美国人》1969年12月号。这首诗里出现了很多科学术语，诉说对象是居住于人体皮肤的微生物，但它同时也是一首关于地球母亲的寓言哲理诗(微生物也可譬喻为人类)；奥登是在提醒我们：我们比我们所知的更依赖于自然界(盖娅)。
［2］瓦西里·亚诺夫斯基是一位流亡欧洲的俄国人，既是医学博士，也是作家。二十世纪四十年代后期，奥登在一个神学讨论小组遇到亚诺夫斯基，两人从此成为至交。
［3］外胚层是胚胎最外的一层胚层，主要发育成体表的组织。
［4］奥登又一次提到了托尔金在其魔幻小说中所描述的中土。

各种思绪纷乱纠结，
却什么事也没发生，
没人打来电话，还下起了雨。

我倾向于认为，我创造出了
一个可能存在的世界，
但它决不是什么伊甸园：
我的游戏和有目的的行为
或许会引发那里的灾难。
倘若你们是虔诚的信众，
你们的戏剧会对不应承受的痛苦
做出怎样的辩解？

每二十四小时就会刮来两次飓风，
当我穿衣服或者脱衣服，
那些紧挨着角蛋白[1]筏子的城市
就会被卷到空中遭遇毁灭，
而在我洗澡的时候，洪水
又会把你们全都烫死，对此，
你们的牧师会用什么样的神话

[1] 角蛋白属于硬蛋白，是组成人类皮肤的主要构成物质，亦是头发和指甲的主要构成物质。

来作出解释?

之后，或迟或早，

末日毁灭的一天就将来临，

到那时，我的体表突然之间

变得非常冷、非常臭，

而你们会胃口大开，

变成某种更凶猛的捕食者，

我，一个过去的存在物，百口莫辩，

褪去了光环，必须服从审判。

1969 年 5 月

# 阴云密布

（致斯苔拉·穆瑟琳[1]）

我不像那些喜光的人
会在海滩上把身体晒黑：
我觉得现在流行的
这种冲浪运动很愚蠢。
植物当然要让它们多晒太阳，
这有助于它们维持生计：
而对极度羞涩、头脑无趣的人来说，
裸露意味着公开宣示
自己是个贪吃鬼和笨蛋。
我，一个老男人，
躲在某个遮阳篷的阴影里
才感觉安全，仍然需要
看到明媚的夏日风景、
明亮蔚蓝的天空
还有如一团鲜奶油般飘移的
碎云。今年这些都没了：

哎，主掌天气的神，

你为何如此郁郁不乐？

连着数日，我们刚一醒来
就被怒目而视的你斥责，
充满恶意、怀恨在心、
表情呆滞、皱着眉的一张脸
就像宿醉的酒鬼般
可怕又可鄙：
假如你一定要搅乱天庭，
至少可以让它下点儿雨。
（水总是受欢迎，因为
树木喜欢拿它来清洗，而凡人
能用它来酿啤酒或白兰地。）
可是，不，我们一滴也没得到。
你一直这么干燥和阴郁，
带着无休无止的怒气。

---

[1] 斯苔拉·冯·穆瑟琳男爵夫人（1915—1996）是出生于威尔士的奥地利作家和历史学家，她丈夫的家乡在奥地利基希施泰腾附近，1958 年奥登迁居到奥地利度夏后，他们成为很亲密的朋友。奥登曾为穆瑟琳的《奥地利：人物和风景》（1971）写过一篇长序，认为这本书“富有教益”和“有趣”。奥登去世后，穆瑟琳成为国际奥登协会的发起人之一，并为奥登写过传记。

鸡鸭鹅全都无精打采，
萎蔫的花儿可怜兮兮，
覆盆子的茎秆逃不掉疯叶病[1]。
若要不生气，忽视你的存在，
我们要么喝醉，偶尔试试安非他命[2]
要么就得变成
昏头昏脑的恋人：
因为整天都头脑清醒，
我察觉了你的粗野举止，
常常下午四点钟
就拉下了窗帘
将你的寒碜挡在了窗外。

你为谁生气，因何事恼火？
可怜的奥地利做了什么
竟招致了这般的非难？
公务员国家[3]，的确，
跟以前一样的糟糕，

[1] 疯叶病，又称缩叶病，嫩叶刚伸出时就显现卷曲状、颜色发红，逐渐严重变形、变成褐色，最后干枯脱落。
[2] 安非他命，学名为苯丙胺，是一种中枢兴奋剂及抗抑郁症药。
[3] 此处对应的原文“Beamterei”为德语，是奥地利人对本国的自嘲，讽刺它保守、固步自封的一面。

汽车司机总是很危险，
大歌剧院[1]的演出水准
一年不如一年，
而与她往昔的骄傲相比
维也纳已变得如此土气。
可它还是一个安逸的国家，
没有受到暴乱或罢工的滋扰，
对吸毒仍会心存畏怯：
我所了解的十来个国家
才是你应该嫌恶的目标，
在那儿过活好像要可怕得多。
（我无须提及它们的名字，
因为你仔细审视整个星球，
马上就知道正在发生什么。）

够了！装聋作哑的神，你的能耐
只是让我们的情绪低落？
我们或许起了些恶劣作用，
可坏天气并不会纠正它。
假若你一心指望我们的世界

[1] 指维也纳国家歌剧院。

能够改过自新，切记：
快乐的时候，人类总体上
还稍微守点规矩，而不快乐时
他们总是表现得更加糟糕。

1971年10月

## 一位老年公民的打油诗

（致罗伯特·莱德勒[1]）

1969 年我们的地球
并不符合我的要求，
我是说，它本该赋予我勇气
让我与混乱保持一定距离。

我的伊甸园的风景和气候风土
都是脱胎于爱德华时代的产物，
那时宽敞的盥洗室必不可少，
而吃饭前，人们会作感恩祷告。

汽车，飞机，确实都是
有用的玩意，却亵渎了神祇：
机器，在我的构想中，
应由水流或蒸汽来驱动。

理性要求我接受电灯泡，

可要说很喜欢我却做不到：
对我来说，码头上的一盏
鱼尾喷灯更值得膜拜礼赞。

我对抗过家族幽灵，也能应付处理，
可我从没有怀疑过他们的价值：
我认为，新教徒式的职业伦理
不但富有同情心也切合实际。

夫唱妇随的和睦家庭，
假如背了债务就有悖德行：
要买东西就支付现金，
我到死都会保留这个习性。

我们所使用的《通用祈祷书》[2]
众所周知是1662年的产物：
虽然紧跟潮流的布道文听着也还行，
礼拜仪式的改革[3]却糟糕透顶。

[1] 这位罗伯特·莱德勒或是弗吉尼亚州费尔法克斯市的议员。
[2] 《通用祈祷书》亦称为《公祷书》，是英国国教（圣公会）的祷告用书，主要内容是教堂礼拜的祈祷文和仪范。
[3] 这里指的是总主教礼仪委员会进行的礼仪改革，以及1967年新发布的礼仪书。

性，当然——永远都是如此——
最具蛊惑性，也最神秘，
可书报亭并没有因此就摆满
专供摩尼教徒[1]的色情书刊。

而谈吐彬彬有礼乃一门技艺，
就像要学会不打嗝或是不放屁：
反小说，自由体诗，[2]
我无法确定哪个更低级。

探究象征和神话的哲学博士
他们也并非我的密友知己：
我自认为是一介文人，
总希望能做好自己的本分。

---

[1] 有关摩尼教的解释，请参看《栖居地的感恩 · 房屋地理学》的相关注释。

[2] 反小说是第二次世界大战后在欧美国家兴起的反传统小说，这类小说否定故事的一贯性、写实手法等传统小说创作形式，而是积极开创新的艺术形式、确立新的写作方法、发现新的创作主题。至于自由体诗，奥登曾公开表示自己是一个“形式主义者”，反对自由体诗，他写道：“我之所以对很多自由诗持反对态度，是因为不觉得这样写有什么必要性……如今，很多想要成为艺术家的人所面临的问题在于，他们看到不少顶尖的作品……写得如此自由和轻松(这的确如此)……于是认为他们自己也可以这么写作。然而，一个人若想达到那样的水准，必须经过漫长的实践才行，先是学习各种技巧(每一种技巧都是传统，因而带有危险性)，接着消除技巧的痕迹。学会技巧比消除技巧简单得多，我们很多人都只能停留在学会技巧的阶段。不管怎么说，这是通向成功的唯一道路，即便我们停在半路举步维艰。”有论者认为奥登这里隐晦提及了两位文学人物：“反小说”指的是萨特，“自由体诗”指的是惠特曼。

哪个人敢于刚愎自用，
将**放任**称为教育上的成功？
我上学那会儿的人心智更健全，
拉丁文或希腊文都是必修语言。

有个术语叫做“代沟”，虽然
我怀疑它是一派胡言，
可以去怪罪谁？不分老幼或智愚，
那些人就是不愿去学习自己的母语。

然而，至少，爱的状态
既不会时髦流行也不会过时淘汰，
我有一些真正的朋友，此时此地
我愿意同他们一起谈话、共享美食。

说我不合群？胡扯！
**真实世界**才让我感觉最为自在，
正因为我是一个宣过誓的公民，
我必定会和它发生一点小冲突。

1969 年 5 月

## 献给布谷鸟的短颂歌

此刻谁也想象不到你是在回应这些无聊问题：
——“我能活多久？”“还要打多长时间的光棍？”
“黄油会更便宜些么？”——你扯开嗓子叫唤
　　并不会让屋主们[1]感到不安。

与譬如乌鸫这样的大歌唱家的
咏叹调相比，你的双声调表演过于简单：
我们中最冷漠的恶人也会对你的筑巢习性
　　打心眼里觉得可气。

科学、美学、伦理学或会虚张声势，却无法
消除你的魔力：你对奔波于路途的上班族
感到惊讶，一如你对野兽产生的好奇。
　　我在日记里通常只会记些

社交应酬之类的事，近来则是朋友们去世的消息，

因此，年复一年，每当我第一次听到
你的鸣啭声，都会在这一神圣的时刻
　　随手写上几笔。[2]

1971 年 6 月

[1] 此处对应的原文为“husbands”，亦有“管家”、“节俭的管理人”等含义；布谷鸟(杜鹃)常在房前屋后的树上筑巢，不知疲倦地鸣叫，结合上下文，译为了“屋主”。

[2] 在欧洲，布谷鸟的叫声意味着春天的到来，因为布谷鸟每年都在非洲过冬，到了 3 月份欧洲气候转暖时再返回来。步入生命黄昏的奥登，显然对盎然的春天滋生出别样的情怀。

# 献给中世纪诗人的颂歌

乔叟，朗兰德，道格拉斯，邓巴[1]，还有许多
无名的同行，你们没有麻醉剂和排水系统，
　　每天面临了女巫、术士、麻风病人、
　　宗教裁判所和肆意纵火的

外国雇佣兵的威胁，还能如此愉快地写作，
没有露出任何自我怜悯的痛苦表情，
　　你们到底是怎么应付过去的?
　　你们可能有些啰嗦但绝不庸俗，

粗言秽语但并不卑下，你们刺耳的争吵
令兴致盎然的戏谑避开了物质享受，
　　而我们的诗人自认为不受任何
　　迷信的影响，却屡屡受此困扰，

即便状态最好的时候，也常常那么阴郁

和古怪，因戈耳贡般[2]的自我而变得僵化。
　　我们都想知道，而我很疑惑，是不是有人
　　真能道出个中缘由：为何各个年龄层的人

都觉得我们的时代如此可恶。不过，倘若没有
那些冷漠无情的机器，你们都无法占据我的书架，
　　当场检测我的听力，也无法取笑
　　我可悲的肉胎凡躯：眼下，

我本来很乐意奉献一些诗行，来赞美
这个紫槿花开、雷声阵阵的愉快六月，
　　可是，一想到你们会写得好很多
　　我自个儿就断了这个念头。

1971 年 6 月

---

[1] 乔叟（1343—1400）被誉为英国文学之父、中世纪最出色的诗人；朗兰德即十四世纪英国诗人威廉·朗兰德（William Langland），据称是中世纪讽喻叙事诗《农夫皮尔斯》的作者，奥登曾在 1932 年底部分取材于该诗写了一首未完成的长诗；道格拉斯即苏格兰诗人加文·道格拉斯（Gavin Douglas），第一个将古罗马诗人维吉尔的代表作《埃涅阿斯纪》译成了英文；邓巴即苏格兰诗人威廉·邓巴（William Dunbar），与詹姆斯三世的宫廷来往密切，用苏格兰语写有风格题材多变的大量作品。
[2] 戈耳贡是希腊神话中的蛇发三姐妹的统称，她们形貌丑陋，凡人只要碰到她们的目光就会变成石头。在她们当中，美杜莎最为出名。

# 一件骇人的事

豪斯曼[1]说得完全正确。
我们的世界正迅速堕坏：
再怎么可怕或愚蠢的事
现在都有可能发生。
可是，日前的遭遇
还是让中上阶层的我不知所措，
我，出生于施特劳斯刚开始写
《厄勒克特拉》[2]的1907年，
英国牧师的孙辈，
不喜舞刀弄枪，
眼睛又近视，
怀疑所有的狂热
也包括了狂热的爱，
只会整日幻想庇护了
快乐牧羊人的幽林山谷，
恶劣天气让我苦恼，

捕食性野兽让我痛苦，
拳击和狩猎运动让我厌恶，
奇了怪了，在施韦夏特机场[3]
一个条子竟然搜了我的身
以防我携带武器。

1971 年 9 月

---

[1] 即英国诗人和古典学者 A. E. 豪斯曼(1859—1936)，奥登曾在诗歌和散文中多次提到他，还曾写有一首《A. E. 豪斯曼》(1938)。豪斯曼的作品往往围绕着死亡、宗教、战争这几个主题，对成长于一战前后的英国作家影响深远。
[2] 这里指的是德国音乐家理查·施特劳斯(1864—1949)与奥地利诗人、戏剧家雨果·冯·霍夫曼斯塔尔(1874—1929)合作的歌剧《厄勒克特拉》。在希腊神话的特洛伊战争中，厄勒克特拉是希腊联军统帅阿伽门农的女儿，为报杀父之仇，她怂恿弟弟俄瑞斯忒斯杀死了母亲及其情夫。弗洛伊德根据这个故事引申出“厄勒克特拉情结”，即恋父情结。
[3] 即维也纳国际机场，奥登经此机场返回奥地利郊区基希施泰腾。

## 与狗的交谈

（悼念鲁尔菲·斯特罗布尔[1]，死于碾压，
1970 年 6 月 9 日）

在我们看来，当然，你喜欢骨头，
喜欢被人牵着激动莫名地四处嗅闻
——而颜色无关紧要——偶尔碰到
一只兔子就会去追，遇到一个同类
就会用鼻子去蹭对方的屁眼，
可是，当我们接纳你为客厅的小伙伴，
认为你的癖好和举止比猎犬更文雅，
一边挠你的肚子一边和你说话的时候，
你表现出了最强烈的愤怒。
很可能，你只能听懂用歌咏般的重读
发出的元音，
因此，我们无法给你讲故事，即便有时
说的是真人真事，也不能一本正经地
用第三人称剖析不在场的邻居或是那些不会
脸红害臊的东西。我们这些人
身为住户，不是牧羊人或杀手，

也不是极地探险家，可以对你
提出何种要求呢？值得赞美的生灵，
镜子对你们来说毫无意义，你们
从不会掩饰自己的表情，以此提醒我们
在社交活动中反应有多迟钝，
也从未学会控制我们的感情，事实上
也没有这个意图。有些大人物，
譬如歌德和李尔，不太喜欢你们，
看着古怪却是很善良的人，
倘若他们养狗，也会养条好狗。（反过来
并不成立，因为某些坏家伙
也能把你们训练得很好。）那些想要一个
永远长不大的暴躁孩子的人，
那些需要时不时要点威风的人，
他们倒是常常会贬低你们。
你们认为幽默等同于快活，
所以一笑起来全身都跟着颤动，
只有一件事会让你们惊恐万状，那就是
我们狭隘又傲慢的傻笑声。

---

［1］ 鲁尔菲·斯特罗布尔是奥登在奥地利基希施泰腾寓所的管家艾玛·艾尔曼养的一条阿尔萨斯狗。奥登在《巴黎评论》中曾提到它——“那可怜家伙跑到了高速公路上被碾死了”。

(我们的年轻人倒是会被你们的吠叫声给吓坏，
　　而对你们来说，节欲似乎并不是什么问题，
除非是闻到了母狗飘来的气味。)
　　相比很多两条腿的安慰者，
你们总是能更快地感知到我们的愁苦，
　　无需告诉你们枯燥的细节或是要责怪谁，
而在我们失意的时候，你们的沉默
　　也更有帮助。在公民群体中
顺从并非总是一种美德，
　　可你们的顺从并没有让我们心神不安，
因为，虽然有些孩子气，你们是健全的，
　　不像人类的新一代，我们仍有责任
去给他们泼冷水(既然他们在察觉到
　　我们的失败之前，都懒得去犯下
自己的错误)。是的，且让我们的亲密关系
　　保持原有的差异，同时又具备
共同的特性：一种戏剧感。

1970 年 7 月

# 与老鼠的交谈

被我们多次盖棺论定的生灵，我们必须与它们握手：

好恐怖！弄走它！上帝，多古怪的东西！要绕着走！

真有趣！难以置信！好玩又讨厌！一只可爱的怪物！

傲慢的我们却认为那些生命无比愚蠢，无论是好还是坏，

它们都被认定为一个物种，被归入了耸人听闻的

类别部分。于是——嘿！——我们会把蜘蛛、蟑螂和苍蝇

当作无可救药的祸害逐出家门，踩踏或是拍打，

毫不犹豫地将这些废物消灭。

除了少数歇斯底里的女性不认同，

老鼠在所有侵入我们生活的小型哺乳动物里面，实可列入

样貌最好看的一类，因为我们的气味似乎不会吓到它们，

与我们一起蹦跳的访客，貌似诚实的同住者，

我们应赠予一个“你”的称谓，此后的诗行中我也会如此称呼，

即便我语法上的转换超出了你们的理解范围，因为你们，

哎呀，不像寄生虫，从未成功破译主人的密码，

也不知道可以利用人的何种习性。

啊！只要你们有耐心，我们就会训练你们如何控制

自己的贪欲，我们还记得保育员对幼儿习惯的

调教方式，每回当我们对盘子里的菜不屑一顾

她们就会严加指责——嗨！想想饿肚子的亚美尼亚人[1]！——

当我们狼吞虎咽——够了！规矩些，不要吃得一

[1] 这里涉及土耳其政府在1915年至1916年间屠杀亚美尼亚人的血腥事件。当时的土耳其政府把国家分裂归咎于亚美尼亚等民族与外部势力勾结，决定“一劳永逸地解决亚美尼亚问题”，“从肉体上消灭亚美尼亚这个种族”。土耳其军方一边大肆屠杀亚美尼亚精英人物，一边将亚美尼亚百姓驱赶到沙漠地带的集中营，等待他们的是无止境的饥饿、疾病和劳碌。约有一百万到一百五十万的亚美尼亚人在此事件中丧生，很多逃脱的亚美尼亚人后来定居在欧美各地。

点不剩！——

为你们引几条合适的格言。好的小老鼠从不会咬木头

也不会啃箱包。好的小老鼠从来不会到处拉屎

非得让人清扫。好的小老鼠只拿一小块，

坏的小老鼠总是活不长。还有适合恋人们的俗谚，

两个小老鼠是好伙伴，三个小老鼠乱成一锅粥。

整个春夏季节，当你们还是一对小夫妻，

我们确实生活在如贝阿特丽克斯·波特所描绘的

田园诗般的平静中。可到了九月，平静突然被打破：

你们定是生养了一窝，瞧！突然就出现了一大群，

你们把什么东西都弄得乱七八糟，简直无孔不入。

此刻发生的事证实了那条古老的政治原理：

言辞无法劝服之时，武力就要发号施令。

你们信任我们，没有料到附属于人类的一个

不寻常的东西会带有险恶的目的，深知这一点，

我们在捕鼠夹设下了诱饵，而你们一个接一个地不幸受骗。

一家十四口全都丧了命。当我们边喝鸡尾酒边听

比德迈厄式的[1]二重唱或施特劳斯的《变形》[2]，

自以为是地哀悼着他那个世界的终结，之后走进厨房，

在那儿又发现了一具不堪的尸体，它的黑眼珠子瞪视着，

已在黑暗里躺了一个星期。我们自觉并没有杀戮的才能，

这实在挑战我们的勇气。哎，为何会如此？为了国家利益。

身为房主的我们做出了自然反应，恰如世界上任一个政府，

倘若它想要某样东西，而一个微不足道的家伙挡了它的道。

1971 年 5 月

---

[1] “比德迈厄时期”指德国在 1815 年至 1848 年间的历史时期，现多指文化史上的中产阶级艺术时期；相应地，“比德迈厄式”也就是通常所说的小市民风格。

[2] 即理查 · 施特劳斯作于 1945 年的交响曲《变形》，手稿上有“哀悼慕尼黑”的字样；《变形》表现了对毁灭的回忆，结尾引用了贝多芬《英雄交响曲》中的葬礼进行曲。

## 间脑[1]颂

（仿 A. T. W. 西米恩[2]）

你怎么可以这么懵懂无知？历经了
几个千禧年，同在一个颅骨构造里，
你定然已发现，大脑皮层里的自我
　　总是会不由自主地说谎。

看来，它从未让你了解无花果叶[3]、火焰、
犁铧、葡萄树或警察，也没有告知你，
逃避或畏缩，很少可以掩盖
　　一个公民面临的问题。

我们每天都在接受挑战，负罪的恐惧感，
错失良机的噩梦，或是被人嘲笑的噩梦，
而鸡皮疙瘩、心悸、间歇脉冲[4]
　　都不会去惊扰它们。

在你真正可以帮助我们时，你没有出手。

不论何时，当军号响起召唤人们投入战斗，

但愿你会给他们的肌肉传去一道

　　**急性腰痛**的紧急指令！

1972 年 7 月

[1] 间脑是人类大脑的主要构成部分，间脑所含的丘脑，与其他非人类的灵长目动物存有细微的差别。除嗅觉外，人类其余各种感觉讯息都经过间脑中的视丘传至大脑皮质，因此，视丘有时亦被称作大脑中枢。间脑中的松果体也控制着人体内分泌的平衡。

[2] 西米恩(A. T. W. Simeons)是英国著名的内分泌学家，1961 年出版了《人类狂悖的大脑：身心疾病的一个进化论解释》。奥登的这首诗，借用了西米恩博士的很多专业观点。

[3] 无花果叶譬喻了“遮羞布”，根据《圣经 · 旧约 · 创世记》第三章第七节的记载，亚当和夏娃在偷食禁果后，“眼睛就明亮了，才知道自己是赤身露体，便拿无花果树的叶子，为自己编作裙子”。

[4] 此处对应的原文为“squitter”，意为“间歇振荡器”，是一种电子元件，能产生断续的脉冲电流，这里是形容脑电波。

## 谢谢你，雾

渐渐习惯了纽约的天气，
对尘霾实在太过熟悉，
而你，她未受污染的姐妹，
还有英国的冬日景象
我已全然忘记：
此刻乡土记忆已重现。

驾驶员、飞机、所有的
飞行物，因气馁而乱了方寸，
他们视你为死敌，当然会诅咒你，
可是，当你于圣诞时节受到引诱，
在威尔特郡[1]迷人的乡野
整整逗留了一个星期，
我是多么地高兴，
谁也没法急匆匆地赶路，
此时我的宇宙已缩小为

一间古老的庄园宅邸，
四位友好的个体欢聚一堂，
吉米、塔尼娅、索尼娅和我。[2]

室外，无以名状的寂静，
因为即便那些性情活泼、
终年栖息此地的鸟儿，
譬如乌鸫和画眉鸟，
在你的哄骗下
也收敛了它们
欢快的感叹语，
公鸡不再考虑尖声啼鸣，
显得有些呆木，树梢不再
飒飒作声，已静止不动，
如此有效地将你的湿气
凝结成了确定的水滴。

屋里的具体空间
温暖舒适，正适于

---

[1] 威尔特郡位于英格兰。
[2] 吉米即英国短篇小说家詹姆斯·斯特恩(James Stern)，塔尼娅是他的妻子，奥登早在 1937 年就结识了斯特恩夫妇，此后一直保持着良好的友谊关系。索尼娅即乔治·奥威尔的遗孀，也是奥登的老朋友了。

回忆、阅读、做纵横字谜、
彼此亲近和说笑打趣：
晚餐过后精神为之一振
我们呷着美酒，
愉快地围圈而坐，
谁都没有意识到自己的醉态
却会提醒别人留意他的鼻子，
我们尽可能享受这片刻欢愉，
因为这段轻松日子一结束，
我们很快就得返回那个
辛苦谋生赚钱的世界，
重又变得谨言慎行。

每一天，报纸都会在
随意无聊的议论中吐露一些
污秽与暴力的事实真相，
夏日的阳光永远无法驱散
由此引发的全球性抑郁：
愚笨的我们对此已无力阻止：
尘世间这一处悲哀的角落，
只在这特殊的间歇时段
才会如此安逸、如此欢乐，

谢谢你，谢谢你，谢谢你，雾。

1973 年 5 月

## 答谢辞

青春期之前，我觉得
沼泽地和森林神圣可敬：
世人看上去十分地鄙俗。

于是，当我开始写诗，
我马上就迷上了哈代、
托马斯还有弗罗斯特。[1]

坠入爱河改变了趣味，
现在，至少某个人显得很重要：
叶芝成了帮手，格雷夫斯[2]也是。

之后，毫无征兆地，
整体经济突然就崩溃了：这时，
是布莱希特接手教导了我。

最后，希特勒和斯大林
所做的令人发指的事情
迫使我开始思考上帝。

为何我确信他们都错了？
狂热的克尔恺郭尔、威廉斯[3]和刘易斯[4]
引领我回返了信仰。

现在，历经多年已成熟，
我定居在一个风景宜人的乡村，
大自然再度吸引了我。

我需要什么样的导师？
嗯，贺拉斯，这个最机敏的诗人
正在蒂沃利[5]晒太阳，

---

[1] 初涉诗坛的奥登广泛阅读前辈诗人的作品，学界一般关注哈代和弗罗斯特对奥登的影响，但英国诗人和随笔作家爱德华·托马斯(1878—1917)的影响也不容小觑，奥登甚至在少年习作里写诗献给他，盛赞他的诗歌的音乐性和语言魅力。
[2] 即英国诗人、小说家和评论家罗伯特·格雷夫斯(1895—1985)。
[3] 即查尔斯·威廉斯，请参看本书《城市的纪念》的相关注释。
[4] 即英国作家和批评家 C. S. 刘易斯。1931 年他在好友托尔金的影响下成为基督徒，成为公认的二十世纪最重要的基督教作家之一。
[5] 蒂沃利是意大利中部城市，毗邻罗马，古罗马人常去此地度假，还在此建造别墅和庄园。罗马帝国皇帝奥古斯都曾赠送一座位于蒂沃利的舒适庄园给贺拉斯。

而歌德，钟情于石头，
认为牛顿将科学引向了歧途
——他从未能够证明这一点。

深情地回想你们每一个：
没有了你们，我恐怕连最差劲的诗行
都没有办法写成。

或于 1973 年 5 月

## 致吉尔伯特·怀特[1]：一封死后发表的信

这多少有些可悲，我们只能接触到那些
与我们同处一个时代的人，真是遗憾，
你和梭罗从来没有握过手(要知道
他读过你的书)，梭罗，我们听说他是个

激进的反教权人士，还是个急性子，而你是个
最安静不过的教区牧师，但我以为，他很可能
会在你的文字里发现**理想之友**，他曾如此热情地
写到过这个主题，却从来没有碰到一个。

你们两个喜静不喜动，却都热衷于散步，
天生就正派朴素，而且看起来也能免于
世俗力量的诱惑，有着类似的脾性，
你们感觉万物生灵很有趣，即使是乌龟

尽管它一副郁郁不乐的呆傻样子，

也会从青蛙谦恭的行为方式、
雷声的刺耳抱怨或是彩虹的七色拱门
观察天气变幻不定的情绪，

而当你们考察两处毗邻的不同地形
和它们的候鸟群，记录猫头鹰叫声的音高，
比较着扬抑抑格和扬扬格的
回波响应，你们是那么地开心。

出于私心，我也会想方设法去结识你：
我本可以学到很多东西。我倾向于
把自己想象成一个自然爱好者，虽然
事实上并没有资格这么说。我能认出

多少种鸟类和植物？最多二十来个。
纵然如此，你仍有可能认为我是个无知
又烦人的讨厌鬼。时间让你省去了这个麻烦：
不过，感谢上帝，我还有权利来重读你的书。

1973 年 8 月

---

[1] 吉尔伯特 · 怀特是英国十八世纪的博物学家、鸟类学家和作家，他是英国塞耳彭乡村的教区牧师，终身未婚，最为知名的作品是书信体博物志《塞耳彭自然史》（*The Natural History of Selborne*）。怀特被后世誉为近代生态思想的奠基人和开创者之一，其“阿卡狄亚式”自然观念对奥登产生了影响。

**图书在版编目(CIP)数据**

某晚当我外出散步：奥登抒情诗选 /（英）奥登
（W. H. Auden）著；马鸣谦，蔡海燕译；王家新校. —
上海：上海译文出版社，2018.9(2024.7 重印)
书名原文：As I Walked Out One Evening
ISBN 978-7-5327-7733-4

Ⅰ. ①某… Ⅱ. ①奥… ②马… ③蔡… ④王… Ⅲ.
①诗集-英国-现代 Ⅳ. ①I561.25

中国版本图书馆 CIP 数据核字(2018)第 018582 号

W. H. Auden
**COLLECTED POEMS (abridged edition)**

图字：09-2017-1139 号

**某晚当我外出散步**
——奥登抒情诗选
〔英〕W. H. 奥登 著 马鸣谦 蔡海燕 译 王家新 校
策划/黄昱宁 责任编辑/顾 真 装帧设计/周伟伟

上海译文出版社有限公司出版、发行
网址：www.yiwen.com.cn
201101 上海市闵行区号景路 159 弄 B 座
浙江新华数码印务有限公司印刷

开本 850×1168 1/32 印张 11.5 插页 5 字数 98,000
2018 年 9 月第 1 版 2024 年 7 月第 5 次印刷
印数：16,001—18,000 册

ISBN 978-7-5327-7733-4/I·4735
定价：78.00 元